IN FRANC l'Ouvrage complet.

Collection "In Extenso"

FRANÇO

L'AMOUR ...NDU

LA RENAISSANCE DU LIVRE

78, Boulevard Saint-Michel. — PARIS

L'AMOUR DÉFENDU

FRANÇOIS DE NION

L'AMOUR DÉFENDU

ROMAN

PARIS

LA RENAISSANCE DU LIVRE

78, BOULEVARD ST-MICHEL, 78

FRANÇOIS DE NION

M. François de Nion est né à Pierrefonds (Oise) en 1854. C'est à l'ombre de ces pierres illustres que s'écoula son enfance et que se forma ce talent qui semble leur avoir emprunté sa vigueur et ses qualités bien françaises. Le comte de Nion, son père, signa en 1844 le traité qui constitua notre première mainmise sur le Maroc.

Secrétaire d'ambassade, M. de Nion quitta bientôt la diplomatie pour les lettres. Nous le retrouvons à la *Nouvelle Revue*, à l'*Écho de Paris*, à la *Revue indépendante* dont il fut rédacteur en chef. Et dès 1894, il entreprend cette œuvre, considérable aujourd'hui, qui lui assure parmi les plus grands écrivains de sa génération, une place prépondérante. M. de Nion ne s'est pas seulement attaché à nous donner sur son temps des pages robustes et significatives, il a su aussi faire revivre le passé et nul n'ignore ces livres d'une singulière saveur tout parés des grâces anciennes, dont l'encre semble avoir séché sous la poudre des vieux pastels. Mozart s'y anime à côté de Bellefleur, et l'écho des derniers Trianons y résonne.

François de Nion demeure parmi nos conteurs les plus étincelants. Il adore d'ailleurs conter. Ne le sent-on pas dans ces lignes charmantes qu'il écrivait aux premiers feuillets d'un livre, en préface :

« Le conte qui arrive, vierge, au public, le conte, cette forme admirable de l'esprit, ce roman condensé, cet extrait de vie, le conte avec ce qu'il donne d'émoi, de variété, de... saccade aux gens pressés que nous sommes tous, mais c'est le seul genre de littérature qui convient à une époque assez infortunée pour avoir mérité l'automobile, la bicyclette et le téléphone, et c'est, à proprement parler comme le cinématographe de la pensée. »

En 1891, François de Nion écrit *La Fleur de la Mort*, en 1894, il nous donne l'*Obex*, puis l'*An rouge*, (1897), l'*Amoureuse de Mozart* (1899), les *Derniers Trianons* et les *Histoires risquées des dames de Moncontour* (1900), la *Morte irritée*, les *Maîtresses d'une heure* (1901), *Bellefleur*, qui est l'histoire d'un comédien au XVIII° siècle (1903), *Dames éphémères* (1904), *Notre Chair* (1907), les *Façades* (1908), l'*Étrange maîtresse* (1910).

Romans mondains qui peignent la société sous des couleurs où l'ironie se mêle au drame, romans historiques qui semblent des pages détachées de la vie ancienne, tous ces livres sont remarquables d'esprit, de vie intense, de chaleur. Mais ce qui frappe davantage, ce qui séduit, ce qui retient, c'est l'élégance de cette phrase, la belle tenue de style. Il y a de la race dans l'œuvre de M. François de Nion. Il n'est rien de plus particulier ni de plus délicat que sa manière. Elle rattache aux meilleurs cet écrivain rigoureux pour lui-même Il faut s'arrêter à ces menus tableaux de chevalet d'une touche rapide, mais si sûre pour bien comprendre toute la valeur de son art.

« Le vent avait passé, la rafale s'était enfuie ; elle courait au loin, à cette heure, dispersait les germes, faisant courber les arbres, vivifiant la chevelure de la terre pour mourir en brise atténuée et fraîche sur une grève chaude de la Méditerranée. L'air tremblait encore de sa flagellation, il était délicieux et pur, mêlé d'odeur de mer et de parfums de fleurs. » *(Les Façades.)* Plus loin encore, nous lisons :

« Un temps de mars, un ciel rapide et changeant : pourtant, éparses dans l'air des joies de germes, une velourée tiède de verdure. Il plut à la fois des gouttes de soleil et des rais d'ondée. »

Et peut-on oublier l'image de ce cerf que les chiens vont forcer dans sa retraite.

« Les bois reposaient sur son dos, et il était ainsi confondu avec les branches, comme un arbre vivant qui aurait peur. »

Art subtil, recherche de l'expression, élégance, trait sobre et net, poésie, sentiment profond, tout concourt à un ensemble d'une vigoureuse originalité.

A cette œuvre, il faut ajouter les pages fougueuses que François de Nion, critique dramatique, donne dans l'*Écho de Paris*. L'auteur des *Façades* apporte à ces études sa grande conscience d'écrivain toujours sincère. Elles lui ont assuré une notoriété que vient confirmer chaque œuvre nouvelle. Enfin, on sait comme M. de Nion s'est fait applaudir sur la plupart de nos scènes, à la Comédie-Française, à l'Opéra-Comique, à la Porte Saint-Martin, etc., etc...

De haute taille et de large carrure, François de Nion sous sa moustache franque tombante cache un sourire de bonté un peu sceptique et derrière son monocle un regard d'une acuité pénétrante. Ses amis l'aiment, et bien qu'il passe pour un critique assez sévère, il n'a pas un ennemi... du moins parmi ceux qui comptent.

L'AMOUR DÉFENDU

PREMIÈRE PARTIE

Eden !

I

Il faisait plein jour, quoiqu'il fût grand matin, mais, dans le parc, d'indolentes écharpes bleu sombre, des restes vaporeux de la nuit, flottaient encore aux arbres, gazaient les taillis d'ombres mauves. En vallonnements, en ondulations légères d'herbes, il s'en allait, ce Parc, dévalait vers les fraîcheurs de la rivière, plus loin mousseuse dans la violence de ses rapides indigos écumés de bouillonnements blancs, calme et lente là, comme si elle était la continuation du calme large et doux des pelouses des futaies endormant le petit château et dans leur paix verte.

Jean de Vienne entr'ouvrit la porte-croisée, se glissa dans l'entre-bâillement, parut sur le petit perron aux appuis rouillés et, sous ses pieds, les dalles désunies jouèrent. Il aspira le bonheur naïf et riant de cette matinée. Le velours des prairies, avec sa bordure de soie glauque — la moire de l'eau — caressa ses yeux et son âme, les emplit de tendresse, les éleva d'un envol aisé vers la douceur unie du ciel et il contempla un moment le lac aérien du firmament avec la sensation qu'une limpidité se versait dans son cerveau, une limpidité bleue qui s'y épandait, formait un étroit étang, dans lequel, pareilles à des nefs d'or en un cirque de montagnes, ses pensées voguaient harmonieusement.

Ce fut, dans la grande blancheur crue des aurores, une baignade lumineuse et psychique d'une douceur infinie.

Mais bientôt il se tournait vers la croisée d'où un peu de nuit filtrait dans la clarté et, l'œil câlin, il inspecta les grisailles intérieures de la pièce : un jour éteint, mou, y dormait, laissant, en des angles, s'épaissir des ombres, de vagues ténèbres se tasser, et il fallut à ses regards une accoutumance nouvelle pour distinguer dans la neutralité de ces teintes des mouvances de choses. Peu à peu pourtant des formes se délinéèrent : des relèvements drapés de tentures, l'allongement blanc d'un lit en désordre : il avança la tête, respirant avec gêne, de ses narines lubréfiées déjà par l'air âcre et viride du matin, l'atmosphère lourde de la chambre, et il souffla tout bas :

— Tu dors, chérie?

Un mouvement svelte et doux s'éveilla sous le flou des couvertures : un souplement étiré de couleuvre : et une voix fine, un murmure passa :

— C'est toi, chéri?

Il poussa la vitre, fonçant contre la résistance molle des rideaux, pénétra vers le lit, se pencha :

— Bonjour, Jeannette.

— Bonjour, Jeannot.

Yeux mi-clos, elle leva sa main aveugle, la fit tomber sur celle de son mari.

— Tu me laisses dormir seule, méchant.

Il alla à la fenêtre, tira un cordon et les rideaux s'écartèrent, laissant entrer le jour et le matinal paysage.

— Regarde, si ce n'est pas une honte d'être encore couchée par un temps pareil ! Allons, lève-toi ! Vois comme le parc est gai !

Obstinée, elle défendait ses yeux de ses mains renverssées, il effleura du doigt la nacre de leurs paumes :

— Lève-toi donc, paresseuse !

Dès qu'ils furent dehors :
— Allons voir les chevaux, dit-elle.

L'écurie était claire, haute ; l'air y circulait bien, un air saturé d'animalités propres, d'odeurs sèches, un air qui générait des idées robustes, gaies, cavalières, des désirs de voyage, de roulement, des visions de routes indéfiniment longues. Des sons brefs, sonores, voguaient : le heurt ferré d'un sabot de cheval contre le bois des stalles, le traînement cliqueté d'une chaîne dans les anneaux ; d'autres lents et doux, le broiement des mâchoires moulant l'avoine ; aussi de brusques ébrous, de frissonnants secouements d'échines. Un mou chemin jaune, timbré à chaque bout d'armoiries dessinées en sables de couleurs, s'allongeait entre les litières tressées ; les deux maîtres s'approchaient des chevaux, entrant franchement dans les boxes d'un mouvement vif et droit, prévenant de la voix, de la main, les bêtes nerveuses qui tressaillaient frémissantes, et ils leur parlaient longuement, d'une voix haute, chantante un peu, claquant de plamussades les croupes soyeuses, les cols luisants qui se

tournaient, inquiets et caressants, avec des élasticités de boas.

— Nous monterons aujourd'hui, veux-tu ?

Jean secoua la tête :
— Mais c'est que... vraiment je ne sais pas si c'est bien prudent !

Elle éclata de rire — insensiblement rose.

— Mais non, puisque je te dis qu'il n'y a rien. Il n'y a aucun danger. Oh ! laisse-moi monter Nelly, elle est si douce ! Tu sais bien que Pâris dit que ça ne peut rien faire quand on a déjà l'habitude.

Il souriait, consentant déjà, et, elle, contente :
— Ça me fera tant de plaisir de monter avec toi, tout seuls, sans avoir toujours quelqu'un derrière nous... C'est que nous sommes chez nous maintenant, le parc est à nous, nous irons le revoir. N'est-ce pas, commande-les pour après déjeuner. Et toi, qui prendras-tu ?

— Mon vieux Trompette. N'est-ce pas, Trompette, que tu veux bien aller promener avec moi ? Et d'une longue caresse glissante, il lissa les hanches dures du cheval.

— Allons donc un peu dans la sellerie, dit-elle.

Une cour étroite séparait de l'écurie la sellerie, dont les murs se vêtaient de glycines grimpantes ; c'était, à l'intérieur, une pièce boisée, parquetée, tenue sèche l'hiver par la chaleur d'un petit poêle en fonte, alors éteint, qui dressait au milieu l'F noir de son tuyau coudé. Partout, sur des chevalets, des cuirs de selles jaunissaient, des harnais se raidissaient ; des brides se suspendaient en courroies minces à des champignons, et, dans des vitrines, sur du drap rouge, des aciers étincelaient disposés savamment, mors anglais, filets, pelhams encadrés dans des ovales formés par les gourmettes. Plus loin une collection de frontaux, de pompons pluricolores.

Jeanne examinait les brides, démontait les courroies, maniait les boucles, les ardillons, de ses doigts légers, habiles ; Jean essayait les sangles blanchies à la craie, inspectait les panneaux d'une selle, tous deux affairés, graves comme des enfants qui jouent à des choses défendues. Ils échangèrent soudain un regard et se sourirent, et il leur sembla que le souffle de leurs jeunes années passait auprès d'eux.

— Tiens ! le bât de Martin, dit-elle, lui montrant un bât de velours rouge, énorme, presque un fauteuil, posé sur un banc dans un coin.

Tout d'un coup, il la vit, petite fille, assise sur le vieil âne qui secouait les oreilles sous les coups légers de houssine ; ses jambes nues, chaussetées de soie noire, pendaient sur les poils raides, des jambes de gamine, longues, fines, roses, avec de fermes rondeurs dans le haut, sous une peau satinée et brillante. L'or roux de ses cheveux tombait sur la puérilité nue de ses épaules en ondulations flaves, et elle avait des yeux de fleur d'une douceur infinie et vague. Du plus loin de sa conscience, il ne se souvenait que d'elle, d'elle toujours dans le cadre vert du parc où toute son enfance sans mère avait joué, d'elle encore dans ses rêves de collègien, dans ses désirs de jeune homme. Et, tout près, ses souvenirs étaient d'elle aussi, dans la mémoire ensoleillée des pays d'azur où leurs premiers mois de mariage venaient de s'écouler.

II

Jeanne, en sortant de table, boutonna vite son amazone, entendant dèjà sous ses fenêtres le cadencement des pieds des chevaux ; s'attardant cependant à masser ses cheveux sous son chapeau, elle ouït, d'en bas, la voix de son mari donnant des ordres, écouta le grincement cuireux des quartiers de la selle qu'il soulevait pour resserrer les sangles lui-même, surprit sa sollicitude à s'enquérir si la jument était sortie la veille.

— Elle ne fera pas de farces, au moins, hein !

— Oh! non, monsieur, soyez tranquille. Joseph l'a promenée en main pendant plus d'une heure.

— Pauvre chéri, comme il a soin de moi, pensa-t-elle, les mains derrière la nuque, épinglant sa voilette.

Et une chaude, heureuse voix d'homme monta de la cour à travers le piétinement précipité des chevaux.

— Allons, Jeanne, venez-vous ? les bêtes n'y tiennent plus avec les mouches.

Cela lui semblait si drôle que Jean lui dît vous, lui qui l'avait toujours tutoyée !

Elle entr'ouvrit le store, goûta fémininement la joie de ce tableau :

Dans la cour sablée un homme tenait en main les deux demi-sang qui nerveusement grattaient le sol du bout de leurs sabots, les têtes réunies, s'interrogeant, se caressant parfois d'un frottement de naseaux ; deux chiens couchants, un danois, allongés sur le flanc, attendaient l'œil ouvert, vif et inquiet. Jean, la cravache sous le bras, une fleur aux dents, les yeux levés vers la fenêtre, l'appelait, tendant ses moustaches retroussées que le soleil faisait flamber.

Tout autour, sous la rousseur de midi, le parc arrondissait le vert de ses pelouses, ses futaies, la rivière au loin se brillantait d'éclats solaires et, dans le fond du paysage, dans l'encadrement de deux proches coteaux, une vue lointaine d'autres coteaux s'ouvrait, bleuâtres, légers, vaporisés dans la transparence du ciel.

— Je descends, dit-elle, je n'ai plus que mes gants à boutonner.

Et le choc des talons de ses bottes minces dégringola dans l'escalier.

L'allée était longue, ombreuse, était un ovale cadre vert sous l'ogive des branches entrelacées, un ovale cadre vert criblé de taches blondes qui jouaient sur le sol herbeux en flaques de lumière, couraient en balles d'or sur les mousses crépues; de droite et de gauche l'épaisseur des taillis était comme chauffée par des rayons, comme liquéfiée dans une fluidité d'un glauque ardent et, tout au fond, devant eux, la voûte ovale se rétrécissait, s'abaissait, se fondait en une clarté, une aurore après le crépuscule vert des feuilles. Un doux temps de galop les emportait vers cette aurore, ils avançaient d'une cadence harmonieuse et souple, sans autre bruit que le craquement grinçant du cuir des selles, le frappement ouateux des pieds des chevaux sur la terre ou le soufflement joyeux des naseaux dans les foulées. De toute une encolure, il dépassait sa femme, se retournant vers elle, par une torsion du buste, la main gauche appuyée à la croupe, le pied droit tendu sur l'étrier largement chaussé et dans l'emportement hardi de la course, il la regardait venir à lui : elle, le corps droit, la main à hauteur du coude, s'adaptait par de flexibles mouvements de reins aux réactions de la jument, s'harmonisant avec les élasticités robustes de son galop. L'âme de Jean vibra dans la conscience d'une parfaite intensité de bonheur, du sentiment, si rare, de la correspondance heureuse des choses avec sa joie à lui. Il admirait le joli visage rosé de Jeanne, le comparant à la fraîcheur du jour sous bois, à la tendresse du ciel, à la douceur de l'air. Le dessin de son corps qui s'accusait sous l'ajusté de son habit de cheval lui rappelait des idées de possession, l'enivrait d'une fierté triomphante à la pensée qu'elle était à lui, et sa joie s'élargissait, dominatrice; tout était à lui ! Les chevaux aux robes luisantes dont les fers marquaient le sol, les futaies hautes qui dressaient leurs cimes pour boire le jour, tout le parc, jusqu'aux horizons roses, tout son corps à elle, jusqu'aux roseurs de ses seins ! Cela se mêlait dans son esprit et dans son cœur, lui faisait une gaieté victorieuse et farouche, d'être le maître, le mâle, celui qui possède. Il était attendri des hectares de bois et de prés qu'il évaluait, de la bonté qu'avait le ciel d'être clair et blond, et de penser qu'il dormirait le soir contre la douceur de sa chair. Brusquement il traduisait ses sensations en un cri : Comme nous sommes heureux !

Il lui semblait que son cœur s'ouvrait dans sa poitrine, tel qu'un fruit magnifique de joie qui s'épanouirait.

Mais soudain, avec inquiétude, avec cette méfiance de l'homme à s'avouer heureux, comme s'il redoutait toujours les revanches de quelque divinité jalouse :

— Nous n'allons pas trop vite, au moins? demanda-t-il.

— Non, non, dit-elle, un peu essoufflée pourtant.

Un léger rendement de main porta son cheval en avant; les bêtes se touchèrent le nez d'un mouvement joyeux, et, de nouveau, ronflèrent les rauques ébrous.

Jeanne lui jeta, radieuse :

— Nelly est folle aujourd'hui.

— Prends garde, ne la laisse pas gagner à la main.

Leurs paroles s'échangeaient courtes, brusques, dans le halètement léger du galop, et insensiblement ils ralentirent leur allure, arrivés au bout de l'allée ovale, empiétant le lointain rêve doré de tout à l'heure, la clairière.

C'était une « étoile » de bois, à l'extrémité du parc; cinq chemins y aboutissaient, des chemins touffus, feuillus, dont quelques-uns tournaient au bout de cent pas, se perdaient dans les arbres; d'autres au loin, troués de lumière, débouchaient sur les plaines; dans un massif, l'apparence svelte d'une statue de plâtre, quelque mythologique hamadryade, un doigt posé sur ses lèvres, comme pour ordonner de respecter le silence et le mystère de ce coin isolé en forêt.

Ils dirent tous deux ensemble :

— Qu'il fait bon ici !

Et, les chevaux attachés à des branches, ils s'assirent sur un banc de pierre sous la nymphe.

La bordure des arbres, au-dessus de leur tête, encerclait un rond de ciel très pur, un rond clair dans lequel voguaient des flocons de nuages et, sous cette trouée blanche, toutes les nuances les plus délicates du vert se variaient en tons dégradés indéfiniment, en oppositions harmonieuses et lentes, se fondaient en un camaïeu d'une ravissante douceur ; il s'étendait sur les herbes rares et fines, aux teintes grises, de la clairière, s'amorçait, près du taillis, aux mousses sombres des troncs, pour monter à travers le feuillage vernissé des brousses jusqu'à l'élancement des baliveaux, tendant à l'air libre la tendresse de leurs jeunes pousses; il teignait de glauque les épaisseurs feuillues massées en mur, d'or la fluidité aérienne des cimes ; il avait des viornes d'une couleur dure comme de métal et d'où sortaient des bourgeons presque jaunes, des massifs remués de vie où fermentaient des existences dans une fébrilité humide et terreuse; il avait des coins de ciel même qui apparaissaient d'un céladon mourant dans l'atmosphère smaragdine épandue par les sèves. Tout l'air, des racines aux pointes extrêmes des hêtres, était d'une viridité inouïe, était l'haleine même des arbres.

Des brises passèrent, très hautes, faisant plier seulement les faîtes, et pourtant la forêt aussitôt s'emplit de bruissements fins, soyeux; des senteurs vinrent; l'odeur âcre et amère du chêne, le parfum gris, atténué des bouleaux, un bouquet de tilleuls à l'orée, près du château, envoyait sa fleurance ténue, sucrée, et l'arome résineux d'une pignade vola, avivant l'air d'un souffle de baume, sec et triste :

— Sens-tu les sapins ? murmurat-elle, avec un imperceptible frissonnement d'épaules.

Vers les hauteurs du parc, des pins érigeaient leurs fûts droits et maigres, dominant le pays au loin d'un bouquet de ramure immobile et funéraire.

Jeanne demanda tout bas, d'une voix inquiète :

— Est-ce que tu sais ce que c'est que cette histoire du bois de pins? Moi, on n'a jamais rien voulu me dire, mais je suis sûre qu'il s'y est passé quelque chose. Sais-tu, toi?

— Non, j'ai demandé aussi quand j'étais petit ; on ma grondé, depuis je n'y ai plus pensé.

— Oui, répéta-t-elle, il s'est passé là quelque chose autrefois...

Elle pencha le front un moment, puis tout à coup :

— Sens-tu l'odeur, comme elle vient plus forte; on dirait qu'ils sont près de nous, maintenant.

Et se levant brusquement :

— Allons-nous-en, tiens, j'ai peur.

Il la regarda, stupéfié, allant pourtant aux chevaux dont il démêlait les brides.

— Mais tu es complètement toquée, ma chérie, comment peux-tu avoir peur, parce que ça sent la résine ?

Sans répondre, elle lui tendait le pied, s'enlevait sur la fourche, et aussitôt dirigeait sa jument dans une percée, galopait vers le rond lumineux de jour qui luisait au bout.

— Où vas-tu? cria-t-il, en la rejoignant au petit galop.

Elle tourna à demi la tête.

— Nous passons par le village, j'aime mieux ça que le parc.

— Mais, je croyais que tu voulais aller à Lyons ; ton père t'a écrit d'y passer.

Elle répéta, entêtée :

— Non, non, passons par le village.

Il haussa doucement les épaules, s'amusant, derrière elle, à manier la bouche de son cheval ; tantôt il appuyait la bête sur le filet, libérant les barres, la laissant jouer avec sa muserolle, tantôt il la reprenait sur le mors, l'obligeait à des changements de pied; par flexions insensibles, il ramenait la tête, arquait l'encolure, la jambe près, effleurant de la mollette les flancs de la monture nerveuse. Elle s'encapuchonnait, piquant dans son poitrail les branches du mors, développant l'action haute des épaules, dansant sous son cavalier; de courts frissons ridaient sa robe luisante, sous laquelle saillaient des veines et qui, peu à peu, se lustrait d'eau bordée d'une mince ligne d'écume blanche. Bientôt, sur la chaussée rebondie et jaune de la route nationale, aux berges gazonnées, réglées par le parallélisme des lignes télégraphiques, les fers des chevaux clinguèrent. Élégant et hautain, le couple, dans l'élargissement de la plaine, à la lisière du bois, apparaissait plus grand sous les rayons couchés du soleil déjà oblique.

III

La route longeait les verdures du parc débordant au-dessus des murs en bouquets touffus, et, tout près du château, devenait rue, se bordait de maisons aux toits bas, qui, d'abord espacées, se massaient plus loin, faisaient une raie plâtreuse au milieu du flave océan des blés ondulés jusqu'aux clôtures en pierres sèches des jardinets. Elle s'élargissait devant l'église dont l'auvent pauvre, triangulaire, se tassait sous l'ombre des marronniers.

Le piétinement ferré des chevaux éveilla le silence du porche, du clocher court autour duquel des ondes frémirent, et de grands vols blancs de pigeons s'élevèrent, s'enroulèrent autour des peupliers du presbytère. Encadrée dans la porte de la petite maison curiale, une pâle figure blanche apparaissait, la face vague d'un vieux prêtre. D'un geste, doux, lent, il saluait le couple.

— Ah! c'est M. le curé, dit Jeanne en allant à lui.

— Je savais que vous étiez revenus depuis hier soir, je vois que vous n'avez pas perdu de temps; vous êtes déjà en promenade.

— Nous avons voulu revoir le pays, mais notre première visite aurait été pour vous, M. le curé.

— Alors, entrez donc un instant, Pierre va tenir les chevaux.

Le parquet du salon luisait comme une eau brune et, le long des murs, des fauteuils en velours rouge se raidissaient, un petit carré de tapis devant chacun. Des boiseries blanches où s'effaçaient des moulures guirlandées Louis XV, encadraient, au-dessus de la cheminée, une glace, barrée d'un grand crucifix de bois noir, au supplicié d'ivoire, raidi. Par les fenêtres ouvertes on entendait dehors l'impatience des chevaux, les effarements d'ailes des pigeons; à quelques mètres le bruit d'une faulx faisant son frou métallique dans l'herbe et, plus loin, venant des coteaux, l'aboi quêteur d'un vieux chien chassant tout seul, donnant de la voix sur quelque piste. Les regards de Jeanne s'attiraient vers les hauteurs et soudain, par le rectangle des fenêtres, les hauts pins funéraires lui apparurent, en bouquet d'un vert noir, gravés sur la soie pâle du ciel, pendant qu'une senteur légère de résine venait jusqu'à elle sécher ses narines.

— Vous n'avez pas eu envie d'aller jusqu'à Lyons? M. le marquis y a fait faire quelques réparations depuis votre mariage, oh, pas à l'intérieur, les toitures seulement.

— Non, nous comptions y passer, mais ma femme s'est trouvée fatiguée. Il faudra pourtant aller par là demain, Jeanne, tu dois avoir des ordres à donner.

Elle approuva d'un signe de tête, rêveuse... elle suivait sa pensée, la voyant fuir comme un oiseau à travers les couches bleues de l'air, aborder au plateau lointain sous la verdure noire des sylvestres. Pareils aux colonnes sveltes d'un temple, ils mâtaient leurs troncs fins et grêles, leurs troncs blessés, écharpés de longues entailles, par où leur sang rugueux s'écoulait en gommes brunes; sous la toiture de leurs rameaux horizontaux, hérissés d'aiguilles vertes, une senteur fluait volatile, une senteur bifurquée en deux générations de sensations distinctes : sublimée en parfum hiératique d'encens, elle formulait des nefs sombres de cathédrales, le flottement des vapeurs thurifères devant les ors flamboyants d'un tabernacle... épaissie en odeur de goudron, elle élargissait des vues estompées des portes d'entassements de navires embrumées ouvrait des horizons salins, des horizons de mers grises...

Le curé et Jean causaient, échangeaient avec un plaisir lent des paroles indifférentes dans le petit parloir froid. Ils discouraient des semailles, des proches récoltes, alternaient les nouvelles sur des parents ou des amis, insensiblement inclinaient à la politique.

— Mon Dieu, oui, nous sommes bien taquinés, en ce moment, bien inquiétés. Mais qui sait si ce n'est pas une grâce que le Seigneur nous accorde pour nous éprouver? Ce n'est pas la première fois que l'Église est de la sorte en butte aux persécutions, toujours elle en est sortie victorieuse, plus triomphante.

— Mais, Monsieur le curé, pourtant si peu à peu le peuple s'écartait tout à fait de Dieu? Je vois l'avenir bien noir pour notre pauvre pays...

— Il ne faut jamais désespérer de la bonté de Dieu, non certainement.

... Autour du haut plateau de claires lignes d'horizon venaient se briser comme des ondes, l'encerclant de nappes limpides, unies jusqu'aux crêtes indécisément gris-rose des collines; des souffles larges y abordaient ainsi que des navires en un port, de molles brises; tous les bruits du pays mouraient là en confus murmures. Elle distinguait maintenant, dans la limpidité aérienne qui précède le crépuscule, les lignes courbes d'un pavillon bâti dans les pins, ses ferrures rouges et l'éclat clignotant de ses vitres sous les feux allongés du soleil...

— Vous avez beaucoup voyagé, m'a-t-on dit, en Italie, n'est-ce pas?

— Nous sommes surtout restés sur la côte de Nice après une pointe à Gênes qui ne nous a pas plu.

— Mademoiselle Jeanne... Ah! pardon, je voulais dire Mme de Vienne, n'a pas été trop fatiguée de cette vie errante?

— Non, pas trop... Mais au fait, où est-elle donc?

— Tiens! Elle est au jardin!

En une jolie pose cambrée, ils la virent, dans la moulure de son amazone, se détacher d'une ligne jetée sur le fond de pampre vert des treilles. D'un geste haut, elle attirait avec sa cravache une grappe flexible, elle la cueillit, les deux bras levés, et se mit à l'égrener, les yeux distraits, perdus dans les brumes légères du soir tombant.

— Laissez faire Madame, dit le prêtre, c'est peut-être un de ces désirs de jeune femme auxquels, paraît-il, il ne faut pas avoir l'air de faire attention.

Elle se mouvait en onduleuses évolutions à travers les étroites allées bordées de buis et dont le friable gravier criait sous ses bottes minces; sa silhouette balancée selon les détours de la marche passait derrière les arbustes fruitiers, taillés en cônes, derrière les grands rosiers tachetés de fleurs claires. Peu à peu elle sortait de l'enclos, entrait dans l'autre jardin aux bosses vertes où des croix mûrissaient couronnées de ronds blancs et noirs filigranés, le jardin stérile où, lentement, dans l'herbe, se consommaient les vieux morts.

Elle allait parmi les tombes rares, promenant sa silhouette élégante dans la pauvreté de cette mort rustique, s'arrêtant à déchiffrer les inscriptions des croix, leur phraséologie naïve et glorieuse comme le dernier cri élancé du fond de la terre pour affirmer la personnalité évanescente de l'être en dissolution dans les choses. De loin, ils la virent se pencher, étudier les caractères gravés sur une large pierre tombale. Sous des armoiries doubles elle épelait un nom :

ANNE-MARIE-LOUISE-ALEXANDRINE-JOSÈPHE DE LA CROIX DE LYONS, MARQUISE DE ROYANS, décédée en sa vingt-quatrième année.

Priez pour elle!

Ainsi cette mère gisait là, sous cette dalle, mêlée à cette terre dont la glaise, un peu plus loin retournée, séchait à l'air, grasse et brune; jamais la matérialité de son existence passée, de son existence présente — car enfin, quelque chose ici existait encore d'elle, ne fussent que des ossements! — ne s'était ainsi imposée à la pensée de sa fille. Toujours elle lui était apparue telle qu'une image, lointaine, telle qu'en ce pastel aux traits effacés du salon de Lyons, toujours elle avait flotté dans ses rêves d'enfant comme un être vaporeux et charmant, intangible, évanoui dans la spiritualité de la mort, et maintenant elle se précisait, se formulait dans l'affirmation de sa chair, sa chair où neuf mois l'enfant avait palpité, et dont les restes étaient là depuis vingt ans ; sa science récente de jeune femme mêlait confusément dans sa tête des regrets de maternelle tendresse à des souvenirs d'amour, et elle se demanda si elle avait été aimée aussi, comme elle était aimée de Jean ? — Pourquoi, de quoi elle était morte, si tôt et si vite, la laissant à quatre ans toute seule ?

Elle s'apercevait tout d'un coup qu'elle ignorait tout de la morte, même sa mort ; elle s'en accusa comme d'un crime. Comment avait-elle pu si longtemps, si complètement oublier cette mère qui l'avait tant aimée... Elle s'en souvenait maintenant que, du fond de son cœur, une mémoire remontait de tendresses infinies ? Et elle regretta le joli amour, le cher et profond amour qu'elle ne connaîtrait jamais, qui eût été si tendre et si doux. Quel égoïsme avait jusqu'à ce jour dominé sa vie ? Sauf dans l'énumération machinale des prières du matin et du soir, jamais le nom de cette mère ne venait à ses lèvres et même... elle s'en souvenait tout d'un coup, on évitait de le prononcer devant elle.

Jeanne se rappelait maintenant comment devant ces silences, ce mystère, elle avait cessé ses questions, se renfermant dans un de ces mutismes violents, concentrés des enfants qui sentent le malheur et se défendent contre lui. Mais

bientôt, cela même s'évaporait, les jeux, les études distrayaient sa pensée et l'amour, très tôt, dès l'enfance, la prenait toute. Au fond, toute sa vie ne se souvenait que de Jean :

— Il faudra, songea-t-elle, que je demande à la vieille Césarine comment ma pauvre mère est morte. Quelle mauvaise fille je fais ! Dire que j'ai attendu jusqu'à ce jour pour y penser !

Les deux hommes s'inquiétaient de sa longue prière, discrètement son mari l'appela. Dans l'austérité rustique du cimetière, son costume cavalier, presque masculin, jetait une note singulière d'un caractère étrangement vieillot de gravure 1820.

— Voulez-vous que Pierre vous ramène vos chevaux ? proposa le curé, vous passerez par la petite porte du parc, vous serez chez vous tout de suite.

— Merci, mon cher curé. —Tu feras bien attention, Pierre.

IV

Ils dînaient au jour, peu à peu envahis par l'ombre qui se tassait dans les coins, se massait aux angles de la salle à manger ; par les portes-fenêtres ouvertes le soir entrait avec un grand calme, apportant la fraîcheur obscure, des bruits de sonnailles, des frissonnements de cloches tintant des angelus. En longues files les bêtes rentraient aux étables, s'arrêtant de temps en temps pour meugler d'un air doux, le cou gonflé, étendu, et de longs appels de voix humaines flottaient dans l'air. Mais tout progressivement se tut et ce fut comme une tombée d'ombre et de paix couvrant les pays toujours de plus en plus muets et noirs. Les nouveaux mariés se surprenaient pensifs, crispés au cœur par ces craintes vagues qui nagent dans les ténèbres, étonnés aussi de se trouver chez eux, « en ménage », les maîtres dans cette grande salle à manger où si souvent ils avaient joué ou goûté enfants. C'était, depuis leur mariage, la première fois qu'ils s'apercevaient être seuls ; jusque-là ils ne s'étaient trouvés qu'à des tables de parents ou d'amis, de restaurants ou d'hôtels ; ils se découvraient, par ce fait, mari et femme, et c'était un sentiment nouveau, intime et grave, qui les fit songer, un peu émus. Leurs pensées par-dessus la table se rencontrèrent, s'unirent, et un sourire, intelligent, ami, remua leurs lèvres.

— Monsieur, c'est le père Frochard, le garde, qui demande à parler à Monsieur.

— Oh ! pas ce soir !

— Si, il faut y aller, mon ami, dit-elle d'un petit ton autoritaire ; moi, pendant ce temps, j'irai causer un peu avec Césarine dans la lingerie. Il doit y avoir là bien des choses à renouveler ; tout a dû être si abandonné depuis longtemps.

Il l'attira doucement à lui :

— Quelle bonne petite femme de ménage j'ai là.

— Mais, il faut bien, dit-elle, sérieuse.

— Vous ne vous êtes pas trop ennuyée pendant que vous étiez seule au château, Césarine ?

La jeune femme entrait et s'asseyait en face de la vieille servante.

— Mais non, Madame, on a toujours à faire. Et puis, depuis longtemps on avait un peu négligé tout ça, j'ai voulu que la jeune Madame trouve tout en or-

dre. Ah ! je n'ai pas eu le temps de m'ennuyer, allez.

— Il y a longtemps, n'est-ce pas, que vous êtes à la Vénerie ?

— Dame, madame, pensez que M. Jean allait sur ses quatre ans quand je suis entrée. Ça fait quelque chose comme vingt-trois ans que je n'ai jamais bougé d'ici.

— Alors vous avez dû voir souvent ma pauvre mère ?

— Je crois bien, la pauvre chère dame ! Madame l'aimait tant. Elle était bien gentille, allez, votre maman, mademoiselle Jeanne... Ah ! pardon, madame.

— Oh ! ça ne fait rien. Mais parlez-moi donc d'elle un peu. Figurez-vous qu'on n'a jamais voulu me dire comment elle était morte... Je ne sais rien d'elle.

— Pourquoi vous attrister avec cette vieille histoire ; restez donc dans votre bonheur de maintenant. Vous êtes dans un moment comme on n'en trouve pas souvent dans la vie, profitez-en.

— Mais enfin, Césarine, j'ai bien le droit de savoir de quelle façon ma mère est morte. Pourquoi personne ne veut-il me répondre quand je le demande ? Est-ce qu'il y a là quelque chose de mal ? Tout à l'heure j'ai été m'agenouiller sur sa tombe et je me disais que j'étais une mauvaise fille, que jamais je n'avais pensé à ma pauvre maman.

Ses yeux se remplirent de larmes brillantes et, nerveusement, elle tordit ses mains sur ses genoux.

— Quelles idées vous vous faites là ! Mais c'est bien naturel au contraire, ce n'était pas bien gai à vous raconter.

Jeanne supplia d'une voix basse et grave.

— Dites-le-moi ce soir, je vous en prie.

— Eh bien, elle n'avait jamais été bien forte de la poitrine, elle toussait toujours. Madame la marquise était jeune, étourdie, elle avait dû prendre froid.

— Alors?

— Les médecins disaient qu'il fallait aller passer l'hiver dans le Midi; mais elle ne voulait pas, elle, et M. le marquis n'y tenait pas beaucoup non plus à aller dans le Midi, rapport aux chasses. Alors ils lui donnaient un tas de drogues, ils lui mettaient des vésicatoires qui brûlaient son pauvre dos. Elle souffrait tout sans se plaindre, elle était toujours contente de tout. Et savez-vous l'idée qui leur passa par la tête à ces médecins? Il y en avait un, un grand, qu'on avait fait venir exprès de Paris; il paraît que ça coûtait des mille et des cent, eh bien celui-là, il eut deux inventions, oh! mais deux inventions que vous ne devineriez jamais...

— Non, bien sûr, dites-les.

— Il ordonna, comme ça, que Mme la marquise devrait toujours avoir dans sa chambre un pot-au-feu à bouillir sur un fourneau, il racontait que la vapeur, en montant, la nourrirait, en voilà une idée!...

— Et l'autre invention?

— L'autre invention... Vous pensez bien que, de la première Madame ne voulait pas en entendre parler, voyez-vous une marmite cuisant dans sa jolie chambre qui sentait si bon qu'on aurait dit un sachet! Et il paraît que M. le marquis lui a donné deux mille francs à ce charlatan pour venir débiter des sottises pareilles.

— Mais vous parliez d'une autre invention, Césarine?

— Ah! oui. Voilà; il prétendit que quand Mme la marquise ne serait pas à respirer sa vapeur de bouillon dans sa chambre, il faudrait qu'elle se tienne dans le bois de sapins, en haut du parc, à respirer l'odeur de résine; que ça lui guérirait sûrement la poitrine, même qu'il serait bon qu'elle y demeure toujours. Alors M. le marquis fit construire ce pavillon qui est dans les arbres et il paraît qu'il y fit des folies. On dit qu'il y a dépensé plus de cent mille francs; vous savez bien comme il est, l'argent ne lui coûte rien dès qu'il s'agit de bâtir, de faire travailler des ouvriers. Madame était contente d'aller là parce que ça la distrayait de voir tout le pays qui se découvre de là; comme de juste la pauvre jeune dame... qui n'était pas trop heureuse avec son mari, soit dit sauf le respect, vu qu'il ne pensait déjà qu'à la chasse, tout comme aujourd'hui.

— Ah! papa aimait bien maman.

— Il l'aimait à son idée, mais peut-être pas à la sienne à elle; enfin ça ne me regarde pas. Si bien que la pauvre dame finit par s'habituer à passer toutes ses journées dans le pavillon. Elle y faisait même quelquefois apporter son déjeuner quand Monsieur votre père était en battue. Mais il faut vous dire que cet endroit que le charlatan avait été choisir n'avait pas trop bonne réputation dans le pays.

— Pourquoi?

— Eh bien, il paraîtrait qu'au moment de la grande invasion, en 1815, l'ennemi est venu ici, et il s'est donné une grande bataille juste sur ce plateau qui domine le pays; alors les anciens racontaient qu'il y avait eu de ces païens enterrés là; vous pensez bien qu'ils ne sont pas morts chrétiennement, des cosaques, des hérétiques; enfin ce bois-là n'avait pas bonne réputation dans le pays, on n'aimait pas à y passer la nuit venue. Eh bien, quand M. de Royans fit creuser la terre pour établir les fondements du pavillon, que pensez-vous qu'on trouva ?

— Quoi donc ?

— Il y avait trois de ces mécréants qu'on avait mis là et un couché avec son cheval, si bien conservés qu'on me dit qu'ils avaient encore leurs uniformes. Alors on représenta à M. le marquis qu'il ne devrait pas faire construire dans un endroit pareil, que ça porterait malheur, mais il ne voulait rien entendre, quand il avait une idée en tête ; il défendit qu'on parlât à Madame de cette découverte, et en effet, je crois bien qu'elle ne sut jamais sur quoi il était bâti, son cher pavillon. Eh bien, Madame, vous me croirez si vous voulez, mais sitôt qu'il fut construit, — votre maman y venait le jour, elle en revenait avant le dîner, — eh bien, le soir, pas tous les soirs, mais enfin souvent, on vit des lumières qui brillaient à travers les carreaux.

— C'étaient les domestiques qui rangeaient ou qui cherchaient quelque chose.

— Jamais, Madame, un domestique n'aurait osé mettre les pieds dans le pavillon après l'angélus : non, vous pouvez demander dans le pays, tenez, à Frochart, le garde, et puis au père Leloup, qui sont depuis longtemps au château, ils vous diront comme moi qu'ils ont vu de la lumière aux fenêtres du pavillon alors qu'on pouvait être bien sûr que personne de vivant n'y était entré. — Tout ça c'est des histoires bien terribles, et les plus savants n'y entendent rien !

— Mais ma mère ?

— Eh bien, la pauvre chère dame allait toujours toussant, toujours maigrissant, avec quelque chose de si doux et de si triste dans les yeux qu'on avait envie de pleurer rien qu'en la regardant. A la fin il y avait des jours où elle ne pouvait plus marcher jusqu'au pavillon ; deux domestiques la portaient sur une sangle. Mais c'était une drôle de maladie : des fois elle était mourante, on croyait qu'elle ne se relèverait jamais de son lit, le lendemain on la retrouvait debout, faisant des projets, donnant des ordres. Enfin un jour, — on n'a jamais su comment ça s'était fait, sans doute qu'elle avait arrangé ça dans sa pauvre tête malade, — tout d'un coup elle disparut, on la chercha partout, pas loin bien sûr, puisqu'on savait qu'elle pouvait à peine marcher, mais on ne la trouvait quand même nulle part. Et M. le marquis qui était à la chasse !

Les domestiques étaient comme fous, car ils aimaient beaucoup tous Madame. On sondait les douves en cas qu'elle serait tombée dans un des fossés, et la nuit venait avec ça, une nuit fraîche de septembre. Si Madame était dehors, ça suffisait pour la tuer. Enfin un qui était un peu moins bête que les autres s'écria que sûrement Madame avait voulu revoir son pavillon, et que c'était par là qu'il fallait la chercher. Voilà que tout le monde se regardait et ça ne leur souriait pas trop à tous d'aller par là à la nuit tombée. Enfin ils se décidèrent pourtant parce qu'on sentait que M. le marquis allait revenir et qu'on craignait sa colère. Mais plus ils allaient et plus il y en avait qui restaient en arrière, et quand on fut sous les pins il n'y avait plus que Célestin le cuisinier et le valet de chambre de Madame, Frédéric. Alors ils ont raconté une chose terrible. A mesure qu'ils avançaient ils entendaient comme un gémissement ou plutôt un ronflement rauque qui arrivait jusqu'à eux et en même temps que ce râle une voix qui se plaignait, qui criait, comme qui aurait dit la voix d'un homme qui pleure ; puis à leur approche un grand bruit de branches foulées et plus loin le galop d'un cheval. Quand les deux hommes furent près de Mme de Royans, elle ne respirait presque plus et elle mourut dans leurs bras au moment où ils la soulevaient pour l'emporter...

— Vraiment ! Et on ne s'expliqua jamais comment elle avait pu gagner le bois toute seule ; on ne sut pas ce que c'était que ce bruit de cheval, que cette voix d'homme ?

— Pour ce qui est d'avoir été à bien vers le bois ce n'était pas trop étonnant, vu que quand elle était dans ses fièvres elle avait une force extraordinaire, elle était quasi comme si elle aurait été guérie par miracle ; quant à ce bruit de galop, il y eut bien le père Thomas, le fermier de la Grangerie, qui prétendit avoir vu un cheval sortir à fond de train du petit bois, mais il faisait déjà très noir, et puis il y avait la jument de maître Pierre qui était à l'herbe pas bien loin, des fois qu'elle serait entrée sous les pins,... enfin on en parla longtemps et on ne sut jamais la chose au vrai.

— Mais la voix d'homme ?

— Les oreilles ont dû leur corner, ils avaient si peur. C'est comme pour le galop du cheval, c'est peut-être bien quelque imagination de leur cervelle. D'ailleurs M le marquis défendit qu'on en reparlât, c'est pas tout ça qui l'aurait fait mourir, dans tous les cas, la pauvre dame, puisqu'elle était condamnée ; mais

les idées des paysans ont travaillé là-dessus, on a dit qu'elle avait rencontré le cosaque et que c'était lui dont on avait entendu la voix, enfin des bêtises. Et maintenant encore...

— Quoi ?

— Non, rien, des bêtises, vous feriez mieux de ne pas vous en occuper.

— Dites-moi tout, puisque vous avez commencé. Et avec une terreur grandissante qui rendait grave sa voix au fond de sa gorge :

— Qu'est-ce qu'il y a encore dans ce bois maudit ? Dites-le-moi ou je ne pourrai dormir une seconde de cette nuit ; toute la journée, il m'a poursuivi à travers la campagne.

— Eh bien, on dit... non, je ne peux pas vous dire ça.

— On dit qu'elle y revient, n'est-ce pas ? murmura-t-elle, et, levant ses yeux, elle les aperçut tout d'un coup dans une glace à la clarté de la lune, si dilatés, si fixes, si profonds qu'ils l'épouvantèrent : des yeux de fantôme, pensa-t-elle, et tout bas elle remua les lèvres.

— Mes yeux me font peur, dit-elle.

— Jamais, poursuivit la vieille, allumée par le mélodramatique de son récit, on n'a ouvert le pavillon depuis, personne n'oserait y pénétrer...

Par la fenêtre ouverte, un carré de paysage lunaire entrait dans la pièce, touchait de rayons froids les piles de draps massées sur les larges tables, les nappes empilées dans les armoires, les lingeries séchant au plafond. Dehors, les pays flottaient dans une lumière bleue de lune, s'étendaient indéfiniment pâles au loin avec de longues traînées blanches sur le sol, des argenteries dans le feuillage immobile des arbres saisis par l'ombre ; au bord de l'horizon, des brumes lactescentes montaient, nageaient dans les creux des terres, s'accrochant, se déchirant, en molles et fantômales et languissantes formes ; aiguës, les fines cornes de la lune piquaient le ciel nocturne, voguaient dans leur aréole lumineuse ; elle passait luisante en une joie légère, en une course rapide à travers les lignes noires d'un bouquet d'arbres, très haut sur un coteau, et Jeanne reconnut le bois des Pins.

— Dire que ma mère est peut-être là-bas, pensa-t-elle, et un frisson secoua ses épaules.

Elle la voyait se jouer dans les nuages blanchâtres, se poser follette, sur les barbes de pin, planer à hauteur des cimes... peut-être qu'elle se haussait sur ses pieds légers de spectre pour regarder au loin les fenêtres derrière lesquelles vivait sa fille.

Jeanne descendit d'une course l'escalier, entra dans le petit bureau où son mari, une cigarette aux lèvres, l'attendait... Comme il lui parut vrai, calme, ce bureau éclairé, humain, où la terreur des morts ne pénétrait pas...

— Où diable étais-tu donc, ma chérie ?

Il la regardait, étonné.

— Mais tu as l'air tout effarée, qu'est-ce que tu as ?

— Non, rien. Je n'ai rien. J'ai été voir Césarine dans la lingerie.

— Ah ! la vieille folle ! qu'est-ce qu'elle t'a raconté ?

— Pas grand'chose...

— Mais vraiment, tu as l'air tout drôle.

— Je n'ai rien, je t'assure. Elle se pencha sur lui. Laisse-moi m'asseoir sur les genoux, veux-tu, j'ai eu un peu peur dans l'escalier.

Malgré la saison, du feu flambait dans leur chambre pour sécher l'humidité des murs longtemps inhabités et une haute lampe anglaise laissait tomber dans toute la pièce, de son large abat-jour jaune et carré, des tranches de lumière radiante. Ils gaminaient, échangeaient chacun de leur cabinet de toilette des plaisanteries, croisaient des rires. Jean, en hâte, défaisait ses vêtements, les jetait à la volée avec un insouci d'enfant gâté ; bientôt il se fourrait dans le grand lit, s'allongeait, étiré voluptueusement dans la fraîcheur lisse des draps :

— Dieu qu'on est bien ? dépêche-toi donc !

Sans se hâter cependant elle allait par la chambre, s'attardant en des paresses, à des minuties de coiffure, des arrangements de bibelots ; puis, enfin, d'un mouvement de petite fille, elle s'asseyait sur le bord du lit, secouant ses mules, entrait à son tour dans la douceur de la couche ; ses jambes rondes frôlèrent les jambes de Jean, bientôt enlacées dans leur étreinte, et elle sentit un chaud plaisir à s'abandonner contre sa chair.

— Te rappelles-tu, quand nous étions petits, on nous mettait ensemble dans le même berceau.

A ce souvenir d'enfance, dans le demi-sommeil heureux qui déjà la gagnait, l'idée de sa mère revint, se précisa en celle du fantôme triste qui errait peut-être en ce moment en des endroits désolés sous l'horreur de la nuit. Elle ouvrit les yeux, la chambre était claire, blanche d'une douce lueur de veilleuse, le feu fringuait toujours en flammes gaies dans la cheminée.

— Câline-moi, dit-elle à son mari en mettant la tête sur sa poitrine.

Et, comme il la prenait dans ses bras, ils s'endormirent brusquement tous les deux d'un violent, d'un profond sommeil.

V

Lentement elle s'éveillait, d'un éveil léger, tout baigné encore des endors délicieux du soir ; son sommeil lui laissait l'impression d'une traite rapide à travers un pays sombre et vide. Pourtant, dans le noir voulu des yeux obstinément clos encore, des souvenirs de rêves se détachèrent, passèrent, en vols muets, dans le champ obscur de son intérieure vision ; ils s'espaçaient, images effacées, coupées de grands intervalles d'ombre, comme en une course vagabonde et folle de pensée en des relais de nuit. Et d'abord un pays profilé, un pays d'intimité à elle, qu'elle connaissait très bien et où elle allait très souvent dans la vie hypnotique : c'était un demi-cirque de maisons, de palais, de temples s'étageant sur la pente d'une colline qu'un large fleuve bleu encerclait. Le soleil, un de ces soleils froids et lumineux que voient les yeux de songe, frappait les marches des édifices, les faisait luire et miroiter, et des rues tournantes montaient, conduisaient à des périptères vides, d'un vide sonore et tombal, à des enfilées de colonnades... mais non !... une tombée inappréciable d'ombre... et ces colonnades étaient des arbres, des allées infinies d'arbres, devenaient un bois. Et ce bois, ces arbres, elle ne voulait pas les reconnaître, faisant, dans l'inertie du somme, intervenir sa volonté pour détourner l'image, la modifier.

La main de Jean se posait sur son bras, l'étreignait d'une étreinte douce, sans doute aussi en quelque songe, et le rêve changeait, s'éloignait à travers de grands steppes d'ombre...

... Un fleuve encore, la lente douceur d'un fleuve emportant une barque sur son courant uni, une atmosphère qui, graduellement, devenait lumineuse, baignait le fleuve d'or, emplissait l'air et puis de grandes nefs de nuages voguant dans le bleu pur du ciel. Des gris tendres, des roses, des aurores flottaient au bout de ses cils, s'infiltraient sous les paupières, touchaient les prunelles noyées. Jeanne lutta pour se rendormir, pour ressaisir le beau rêve cristallin de fleuve et de soleil, mais il se dérobait, fuyait, s'évaporait en mille chimères pendant que les ambiances se précisaient, que s'accentuait la condensation de l'esprit. D'un brusque effort elle souleva ses paupières, les abaissa aussitôt, elle se rapprocha de son mari, goûta la tiédeur de son corps.

Mais maintenant qu'elle avait ouvert les yeux, elle savait qu'il faisait clair, elle avait eu le temps de voir des raies lumineuses se glisser en lames remuantes et dorées à travers les persiennes, toucher le plafond d'un jour mince et oblique. Elle sentait la clarté vibrer dans la chambre, courir sur les draps, sur ses mains, dans la lumière châtaine de ses cheveux, une clarté qu'elle devinait déjà chaude. Il lui semblait entendre le bruit des ondes de soleil battant d'un flot d'or les murs extérieurs, un de ces larges soleils de juin qui font craquer les épis et gercer la terre. Autour du château tout était très calme, il devait être tard. Plus de chants de coqs ni d'abois de chiens ; la nature déjà s'engourdissait sous l'averse solaire

Une bouche, des moustaches mousseuses se posaient dans les plis de son cou, déviaient sa somnolence en une fièvre tiède ; elle sentait des bras fermes et durs, des bras d'homme la ravir, une lente possession l'envahir : les fantômes de la nuit se fondaient...

— Tu vas à la messe? dit Jean de la pelouse en la voyant sur le perron. Elle est finie. J'ai entendu sonner l'élévation il y a plus d'une demi-heure.

En une svelte robe de batiste rose, les bras à demi tendus pour ouvrir son ombrelle, elle apparaissait, délicieusement blonde, un éclair de blancheur entre les lèvres rouges, sous la nappe de soleil inondant les murs.

Jean, une chambrière à la main, faisait trotter en cercle dans l'herbe un cheval au bout d'une plate-longe. La bête, hochant la tête, soufflant par les naseaux, évitait de la croupe la sifflante lanière ; son grand œil bombé largement ouvert.

— Je fais trotter la petite jument ; elle est froide des épaules, dit-il, écartant le cheval de toute la longueur de sa chambrière étalée sur le gazon.

— Eh bien, pendant ce temps-là, j'irai jusqu'à l'église dire une petite prière. Tu viendras au-devant de moi?

Du bout de son gant elle le salua d'un baiser, et elle s'en fut dans le ravissement frais du matin.

Sa promenade continuait l'apaisement de la nuit et du réveil ; la matérialité douce et rassurante des choses l'enveloppait, la calmait ; sous la clarté diffuse, bleue et rose du ciel jeune, les fantômes de l'ombre s'évaporaient. Elle se rappela sa conversation de la veille avec Césarine, s'étonna de sa patience à écouter ses commérages. Ce n'est même pas très convenable de lui laisser dire

des choses pareilles sur ma mère, pensa-t-elle ; il faudra que j'en parle à Jean pour qu'il la fasse taire.

Le chemin, encaissé d'un côté par la pente d'une colline, donnait de l'autre sur des herbages bas, coupés de raies d'arbres, entre lesquels des toits écrasés de maisons apparaissaient. Cette vue courte, vite arrêtée, ce paysage restreint, humble et souriant, plaisait à son âme, la calmait encore. Pouvait-on croire à ces choses de la nuit sous cette baignade de jour, dans cette intimité de nature, quand on entendait, tout proches, les abois en échos des chiens à la chaîne, et dans les basses-cours le grognement poussif des porcs ? Elle flânait par les écarts du village, les narines ouvertes à l'air qui fluait, remuant des senteurs de fruit, des haleines de fleurs, même l'odeur grasse et saine des étables. Elle notait en passant les soins à donner aux cultures, la taille nécessaire d'une haie.

Mais, par-dessus les massifs du parc, dans les bandes d'air bleu, un son gai trézelit, l'appela.

— Déjà le déjeuner, pensa-t-elle, et, jeunement elle se sentit faim.

De loin, Jean lui cria :

— Dépêchons-nous, j'ai commandé le buggy pour après déjeuner, nous irons à Lyons.

L'habitation de Lyons est assez seigneuriale et solennelle : une large façade séparée au milieu par une attique et toitée, tandis que les deux ailes sont couvertes en terrasses balustrées. Deux larges rampes partent de ces deux ailes, enserrent une cour nue en forme de fer à cheval, dallée de pavés herbus qui lui donnent une légère teinte verte. Derrière, des touffes d'arbres disposés en bouquets s'espacent dans des pelouses, s'étagent sur de médiocres coteaux. De ce côté de grandes douves à moitié séchées donnent cette mélancolie des eaux mortes qui étreint d'une tristesse hautaine les maisons nobles dont la raison d'être a cessé.

Au bruit sur le pavé des deux roues du buggy, les portes s'ouvrirent et deux vieilles gens apparurent sur le seuil, faisant de timides signes de joie.

— Nous pensions bien que M. le marquis viendrait aujourd'hui, dit l'homme en prenant le mors du cheval, et Jean rougit à ce titre de marquis.

A mesure qu'ils pénétraient dans une pièce, le vieux Florent poussait les volets de bois qui s'écartaient avec un bruit d'ais fendus, laissant sur l'apparence endormie des meubles vieillots, se ruer la brutalité vigoureuse et rutilante des rayons solaires. Le grand salon, d'une belle hauteur, éclairé dans sa largeur par quatre étroites fenêtres aux impostes cintrées, était nu. Autour de sa cheminée d'un marbre rose fouillé de guirlandes, un rond de fauteuils en tapisserie ; aux murs, de raides et hautains portraits : mestres de camp à la lèvre impérieuse, à peine ombrée d'une mince virgule de moustache ; mousquetaires gris aux figures poupines, aux cheveux poudrés ; un maréchal de France, le torse cuirassé d'un corselet d'acier, écharpé du noble cordon bleu, pompeusement drapé, le bâton sur la hanche ; à côté de ces seigneurs, une narquoise et rusée face de robin, les yeux vifs, le front bas, portant le Saint-Esprit brodé sur son manteau, non comme chevalier, mais comme trésorier de l'ordre, et, dans le cadre doré, ses noms et titres gravés :

MESSIRE PIERRE ELZEAR THOMAS LE CHARPENTIER CHEVALIER, CONSEILLER ORDINAIRE DU ROY EN SES CONSEILS, CI-DEVANT PROCUREUR GÉNÉRAL DE SA MAJESTÉ EN SA COUR DES AIDES, SEIGNEUR DU PLESSIS-PIQUET.

Le ministre de Louis XV, l'illustration et la mésalliance de la famille.

Des deux côtés de la cheminée, des portes assez basses menaient à des appartements entresollés où les frileuses aïeules se réfugiaient dans les grands froids. Sérieux, gagnés par ce silence et cette ombre qui mouraient à chaque pièce ouverte, ils suivaient Florent, traversèrent de longues enfilades pour arriver à un petit salon où les contrevents ouatés faisaient une nuit, un calme plus profonds encore. Leurs narines inquiètes saisirent dans l'air le parfum léger qui flottait : un mélange atténué de fleurs sèches, de quelque flacon de senteur évaporé, de moisissure aussi, comme l'haleine endormie de cette chambre... D'un brusque coup de poing Florent poussait les contrevents et une masse d'air lumineux tombait en plein dans le petit salon. Ils eurent, une seconde, le sentiment que ce parfum s'évanouissait en une caresse douce sur leurs fronts, comme le soupir de quelque rêve qui viendrait de mourir. Les choses de la pièce apparurent successives : d'abord les meubles bas, puérils, le canapé à deux places, laqué de blanc, les fauteuils menus ; puis sur la cheminée la gracieuse pendule Louis XVI, aux colonnettes perlées, flanquée de deux saxes, surmontée d'une glace longue au cadre simple et sévère.

Jeanne tressaillit : dans cette

face d'elle, elle venait d'apercevoir les yeux, les yeux effrayants et si bleus sous l'arc châtain des sourcils, les yeux apparus la veille au soir, dans la lingerie, sous la lumière de la lune. Elle tourna la tête, et, derrière elle, dans la pénombre mourante, vit sourire le portrait de sa mère. Elle vivait là, toute jeune fille, sous la nuit toujours continuée, dans les rêves souriants et lents d'un sommeil de pastel, ses yeux ingénus ouverts dans l'ombre et c'était peut-être le souffle de ses lèvres peintes, ce parfum léger qui s'était envolé sous l'invasion de l'air soleilleux.

— Il est gentil, ce petit salon, dit Jean, c'est bien imaginé pour l'hiver, pour avoir chaud chez soi ; ils n'avaient pas de calorifères dans ce temps-là !

Les deux genoux appuyés sur les coussins d'une bergère au-dessous du portrait, elle le regardait comme en prière. Elle lui apparaissait, sa mère, combien jolie et douce, en sa pose gracieuse ; elle admirait les bandeaux soufflés qui ondulaient sur son front à la mode du second empire, cette rose rouge qu'elle tournait entre ses doigts et dont l'éclat chaud tranchait sur les roseurs pâles de son teint et de ses étoffes, et le souvenir des contes de la vieille Césarine revint, s'imposa. Était-ce bien elle, cette jeune fille dont un fin sourire relevait le coin des lèvres, qui était morte dans ce bois de cette façon singulière et tragique ? était-ce sur elle que ces histoires terribles se racontaient aux veillées, faisaient frissonner les filles ? était-ce elle que le père Frochard avait vue, pâle et vague, errer la nuit, dans la blancheur livide des brouillards ?

— Viens donc, Jeanne, il faut que tu fasses ouvrir la chambre de ton père.

Un soleil opale mourait aux crêtes lointaines des coteaux quand le buggy vint les reprendre devant le perron. La petite voiture aux roues caoutchoutées sonnait un bruit fringant de grelots qui jetait une gaieté moderne à la face solennelle et triste du vieux logis ; peu à peu des communs, des fermes voisines on était venu pour voir les jeunes maîtres ; des hommes aux allures lasses, aux mains ballantes, des commères aux profils saccadés, et ce fut au milieu d'un petit attroupement rustique qu'ils remontèrent dans leur « deux roues ». Une vieille s'était approchée, les regardait avec une persistance rêveuse :

— C'est la mère Mathurine, dis-lui donc bonjour, et s'adressant à la vieille ; C'est M. Jean, c'est mon mari, maman Mathurine, cria la jeune femme gaiement.

— Oh ! je le reconnais bien, et vous aussi, et si je vous regarde comme ça, c'est que jamais je n'ai de ma vie vu un si gentil ménage et qui ressemble autant. On dirait le frère et la sœur.

— Tiens, dit Jeanne, on prétend qu'on se ressemble après vingt ans de mariage, nous sommes en avance.

Le joyeux petit cheval partit en secouant ses grelots, sur la route déjà grise.

VI

— Je suis sûr que ce compte a été payé, dit Jean, ce vieux père Doineau est une vieille ficelle. Du reste, toutes les factures sont dans le petit bureau, à côté de la bibliothèque, où mon père travaillait toujours. On n'y est pas entré depuis sa mort.

Il fit quelques pas dans la pièce étroite,

un réduit de livres, où des papiers à terre, des volumes jetés, s'encrassaient de poussière. On sentait qu'un travail s'était arrêté là, brusquement figé, avec l'encrier ouvert, la plume posée en travers sur une feuille, comme pour répondre à un appel, dernier appel qui avait peut-être été lancé par la mort, *de l'autre côté.*

— Regarde, dit-il à Jeanne, tout est comme la veille du jour où il est tombé malade. — Pauvre père! — Il songea longuement, tristement. — Il faudra bien pourtant que je mette tous ces papiers en ordre; et il s'approcha, cherchant dans son trousseau les clefs des tiroirs.

Elle arrêta sa main avec une sorte d'effroi.

— Pourquoi ouvrir? Comme on est indiscret avec les morts, ne trouves-tu pas? On ne voudrait pas lire sans sa permission la moindre lettre adressée à un vivant, et on entre sans scrupule dans les secrets les plus intimes des morts. Quand encore ce n'est pas un ignoble notaire avec deux sales clercs qui vient tout saccager sous prétexte d'inventaire.

— C'est vrai, tu as raison. On est sans gêne avec ceux qui ne sont plus.

— Comme c'est peu longtemps à eux tout ce qu'ils ont aimé.

— Le vif envahit le mort. C'est comme ça, et bébé aussi fouillera dans nos vieux tiroirs; eh bien, après, ma chérie, il pourra fouiller, n'est-ce pas, il n'y trouvera rien qui l'offusque? ·

— Bébé, murmura-t-elle avec un sourire.

Câlinement, il l'enveloppa, roulant sa tête contre sa poitrine dans le parfum léger et chaud de ses seins; puérilement, flattant sa joue contre l'étoffe.

Elle le regardait, presque maternelle.

— C'est vrai, ce que dit Mathurine, que nous nous ressemblons autant? Pourtant, nous ne sommes pas parents du tout.

— Il me semble que oui, tout de même, si tu n'avais pas de moustaches.

— C'est flatteur pour moi! mais j'ai une photographie du temps où j'étais chez les Pères; qu'en a-t-on fait? — Elle doit être aussi dans un de ces tiroirs

Elle arrêta encore sa main avancée vers le bureau, mais :

— Oh! dit-il, je peux, va, mon père n'avait pas de secrets pour moi, et son cœur était ouvert. D'ailleurs, il le faut bien, depuis près de deux ans on ne s'est occupé de rien ici, tous les comptes sont en retard, je ne peux faire autrement que d'examiner tout cela; on me ferait payer deux fois les mêmes fournitures; je retrouverai tout dans ses livres, il avait tant d'ordre.

Par à-coup, il ouvrait les tiroirs d'où sortait une odeur séchée, comme d'un bouquet oublié, dénouait les papiers en liasses, parcourait les lettres :

— Tiens, des lettres de Christophe, tu te rappelles bien Christophe le vieux fermier de la Hayrie? — Ah! voilà mon compte de maréchalerie; je savais bien qu'il avait été payé. Mais où diable est passée la note de Doineau?

Elle s'amusait à son tour de cette recherche dans les ruines du passé, remuait aussi les lettres, les factures, prenait peu à peu possession du vieux bureau, dans la senteur fanée des tiroirs ouverts :

— Tiens! murmura Jean, des vieux comptes de mon arrière-grand-père, tu sais, M. de Pinieu, le pastel du grand salon.

Il dépliait les listes jaunes où une main maladroite de domestique avait tracé des lignes pour séparer les « livres », les « deniers ».

VOYAGE DE NANCY, 26 SEPTEMBRE 1787.

Etat desque j'ay payé pour Monsieur.

		L.	S.	D.
Sept. 28.	Pour le raccommodage d'une culotte.	»	6	»
Oct. 1er.	Pour deux ports de lettres. .	»	16	»
— 2.	Pour une livre de poudre. .	»	12	»
— 3.	Pour le raccomodage d'une paire de bas de soye noire .	»	12	»
— 5.	Pour le blanchissage du linge de Monsieur	»	9	»
	Pour le déjeuner à Neufchateau en revenant de Contrexeville.	5	19	»
— 7.	Une longe pour le petit cheval	»	6	»
— 8.	Pour un baton de sir d'Espagne.	»	10	»
— 9.	Pour un ruban de soye pour la queue.	»	16	»
	Pour une houpe et des jartières	3	»	»
— 12.	A Rouvière, j'avoir quatre jours pour ma nourriture et boire un coup aux ouvriers . .	3	»	»
	Avoir fait raccomodé mes culottes	»	9	»
— 17.	Avoir fait bruler la fève et coupé la barbe aux petits chevalle	2	»	»

De temps en temps, ce compte se coupait d'annotations écrites d'une écriture égratignante, renversée, ayant quelque chose d'autoritaire et de chagrin ; l'écriture de quelqu'un qui discute et qui épluche.

« Laquelle somme de quinze livres, sept sols, six deniers, j'ay payé à Berger ce samedi 12 juin et je lui ay donné de plus en avance sur le mémoire courant quatre livres dix sols. »

Jean, puérilement, éclata de rire, mais Jeanne pensive :

— Comme c'est drôle, cette preuve de vie qui sort de ces vieux papiers. Où est-il maintenant celui qui a réglé et payé ces comptes ? en grognant, cela se voit à son écriture. — Sais-tu seulement qui c'était ?

— Je pense que c'était le chevalier de Pinieu, le fils du marquis, par conséquent mon grand-oncle. Tu sais que mon père voulait me faire relever le titre et le nom et me faire appeler le marquis de Vienne-Pinieu.

— A quoi bon ?

— Pourquoi laisser tomber un titre quand il est dans la famille ? Et puis tu serais une si gentille petite marquise.

— Alors, si tu y tiens, que papa nous cède le titre et le nom de Royans, c'est encore plus naturel. Royans-Vienne, cela sonne assez bien.

Une légère rougeur fébrile montait aux joues de Jean.

— Il faudra lui en parler ; surtout s'il venait un bébé. Ah ! murmura-t-il, en continuant à fouiller dans les tiroirs, encore des lettres ; écrivait-on autrefois !

— Nous ne laisserons pas autant de correspondances, nous autres, avec le télégraphe et le téléphone.

Curieusement ils examinaient les suscriptions tracées sur le papier adroitement plié, admiraient le ton solennel, la grâce aussi, cherchée et polie de ces lettres. Les moindres mots échangés entre parents ou amis intimes visaient au « style épistolaire », cet art si cher aux générations précédentes, arrivaient à des recherches infinies sous des apparences familières et bonasses. Jean et Jeanne comparaient le laisser-aller, la brièveté télégraphique des correspondances d'aujourd'hui avec le cérémonial d'autrefois, et ils percevaient vaguement alors le pas fait par l'humanité, et depuis très peu de temps, *la familiarité* entrée pour la première fois dans les mœurs, dans les rapports des hommes entre eux, le renoncement aux minutieux usages des ancêtres, ces usages sévères qui si longtemps avaient fixé les races et délimité les castes.

— Ah ! dit Jeanne, un petit tiroir secret, il doit y avoir là une cachette, nous allons peut-être trouver des lettres d'amour.

Jean haussa les épaules en souriant et s'attabla sous la lampe à déchiffrer les comptes de ferme ; ces colonnes de chiffres plaisaient à son esprit possesseur, figuraient à son imagination les hectares de bonne terre qui s'étendaient autour de lui, fécondés en ce moment par la rosée de la nuit.

Elle plongeait sa main dans l'ombre du tiroir, en ramenait deux tout petits billets, tracés de cette écriture aiguë, qu'on appelait, il y a vingt ans, « l'anglaise ». Ils étaient adressés à Monsieur Jean de Vienne ; elle ouvrit avec une inexprimable sensation de jalousie ces lettres de femme, quoi qu'elle les sût bien adressées au père de son mari.

« Venez dix heures au Pavillon, il faut que je vous parle. »

L'autre était datée sans signature encore.

« Lundi.

« Je suis brisée de souffrance, je n'ai pu venir aujourd'hui ; je serai plus courageuse demain. Attends-moi. »

« TA... »

— Tiens ! exclama-t-elle : elle allait continuer en riant et dire : « Ah ! je trouve des lettres de femme ! » mais ce mot « le Pavillon », lu d'abord sans attention, surgissait singulièrement dans son esprit ; elle se tut.

— Qu'est-ce que c'est ? demandait Jean distraitement, occupé de ses chiffres.

— Non rien, des lettres d'indifférents.

Une immense terreur, une de ces terreurs qui vous encerclent comme une cloche de nuit, de ces terreurs dominantes qui vous tordent les cheveux, l'envahissait avec des grandissements continus, une progression d'épouvante. Dans le petit bureau tranquille, à deux pas de son mari, elle se sentait seule, abandonnée : des solitudes livides, des pays de spectres s'étendaient entre eux deux, les séparaient. Des froids coulèrent, comme des eaux, le long de ses reins, glacèrent son cœur, et devant ses yeux un grand trou noir s'ouvrait, où palpitait du Ténèbre.

Qu'est-ce que cela voulait dire et quel mystère se terrait dans ce menaçant pavillon dont l'énigme la poursuivait à travers la campagne, là-haut, d'entre le bouquet des pins funéraires ?

DEUXIÈME PARTIE

I

La sonate de la pluie crépita sur le
vernis des feuilles: d'abord, en un lent
adagio, des gouttes grêles s'égrenèrent,
établirent le thème et, aussitôt, des
ramures, des herbures, une haleine verte
monta, remplit l'air, établissant à la
symphonie pluviale une large base de
senteurs humides et terreuses; ce fut
comme des appels échangés entre le motif
et l'accompagnement, comme une mise à
l'unisson, hésitante, des bruits de la pluie
et des senteurs des terres. Mais la guilée
se pressait, devenait averse et un rythme
heureux, un allégro, vif, hardi, résonna
sur les vitres piquetées de grains durs,
s'accélérant dans le friselis mouillé des
feuilles. Alors le thème initial interve-
nant s'élargit en grands accords simples,
soutenus par l'odeur enivrée des plantes
ravivées. Une phrase claire, d'une longue et une mélodie, se brodait sur les
trilles pressés des notes imbriques, per-
sistait dans la tombée continue des raies
d'eau, dans le son unique et complet de
l'averse, se développait magistrale, résu-
mant les bruits frais, les senteurs cristal-
lines de l'ondée, préparant solennelle-
ment l'andante. Une passagère accalmie
s'adoucissait en cadences parfaites, d'un
mouvement ralenti encore, et de calmes
accords se plaquèrent, apaisèrent l'esprit
et les sens dans la stillation régulière et
les émanations plus lentes; l'andante
majestueux, avec une belle eurythmie
de danse antique, commença, progressa,
finit. La reprise du rondo s'accélérait
dans le précipitement des gouttes glissant
sur les toitures, battant les dalles du
perron, un mouvement enlevé, vif et gai,
d'un tour bien scandé, avec la hâte de
quelque chose qui va finir... Quelques
mesures flûtèrent, puis, dans un calme
grandissant, pendant que s'affirmaient
encore les odeurs mouillées du parc, les
intentions du finale apparurent, se préci-
sèrent, et au moment où, comme un grand
soupir d'aise, la flore exhalait l'odeur des
sèves, la pluie lentement, maestoso,
diminua, se tut.

Du salon, Jeanne avait suivi les phases
de l'ondée, elle perçut le premier rayon
de soleil se glissant tout humide entre
les gouttes, éclairant de vert infiniment
tendre la profondeur des massifs; les
derniers grains s'intervallaient encore
qu'elle fut dehors, faisant grêler sur ses
joues et ses mains l'eau perlée des glycines murales. Sous ses pieds, le gravier
humide des allées était ferme, agréable
à fouler; à portée de ses doigts indo-
lents, les feuilles des rosiers retenaient
sur leur rêche duvet des gemmes d'eau

où le jour s'irrisait ; tous les arbres du parc se secouant après l'ondée avaient un air plus vert, content. Elle regarda le ciel ; une grande trouée bleue s'y faisait traversée de vapeurs légères, puis le trou s'élargit, mangea l'épaisseur ouatée des nuages et bientôt ce fut une soie, d'une finesse et d'une pâleur charmantes, comme renouvelée, lavée par l'averse récente.

Jeanne leva les yeux vers les hauts de l'horizon, résolue à son acte. Elle irait vers le mystère, vers ce pavillon dont l'obsession menaçait son bonheur ; elle toucherait ce bois de pins dont la poursuite à travers la campagne l'affolait. En vaillante, elle voulait aborder son épouvante, et elle tâta dans la poche de sa jaquette le trousseau de vieilles clefs rouillées qu'elle avait dénichées dans un tiroir de son beau-père et, parmi elles, une toute petite, précieusement ajourée, portant à son anneau une banderole de toile, et ces mots en lettres embues : *clef du pavillon...* Au fait ? Pourquoi cette clé à la Vénerie ?

De son joli pas précis et rythmé de Parisienne, elle hâta sa course. D'abord elle traversa le parc, augmentant l'amertume de sa vague inquiétude par la conscience du charme des entours ; on aurait pu être si heureux là !... Le soleil, de nouveau, criblait d'or l'épaisseur humide du feuillage tant que les arbres semblaient ruisseler d'eau lumineuse : quelques flaques verdissaient dans des creux, remplissaient l'empreinte ferrée d'un sabot de cheval, elle les évitait, alerte, heureuse de respirer la senteur âcre des fanes, attentive, malgré sa peine, aux incidents de la route, au déboulis d'un lapin sous bois, à la sautée des merles dans les branches. Mais, la haie de clôture fran-

chie, elle fut émue de la largeur de plaine qui la séparait de son but. C'étaient des champs de blés interrompus par des carrés longs de luzernières, se haussant au loin jusqu'aux coteaux boisés qui dominaient Lyons ; cette plaine montante, au sortir des touffus intimes de la forêt, était rase comme son âme, d'une désolation plane qui semblait courir à la pointe sèche des épis, dans la poussière blanche des routes. Désormais Jeanne était sortie des fraîcheurs mélodieuses du bois, hors de la gaieté murmurante des feuilles, et le vide de l'horizon était le vide aussi de son âme où lentement des espaces se faisaient comme pour contenir une douleur attendue. Pourtant elle s'engagea dans l'ornière d'un chemin vicinal ascendant droit au plateau ; à cette heure, dans le grand silence des après-midi rustiques, tous les sons s'entendaient, distincts, résumés dans l'ensemble de l'énorme chaleur battant la terre d'une onde de soleil. C'était, tout près, des bourdonnements ailés d'insectes le frisson froissé des épis secs entre eux, le lent égrènement des sables friables glissant sur les talus obliques ; puis, plus loin, de vagues clameurs, des plaintes longues qui coulaient dans la tiédeur de l'air ; cela piqueté de cris d'oiseaux tombant de l'azur. Des rumeurs humaines s'imposaient cependant : le tremblement sonore des roues charretières sur quelque route, des appels de voix échangés au loin en modulations infinies et tristes, et aussi le tintement sourd et glacé d'une cloche, de l'autre côté du pays, sonnant la lenteur d'une agonie. Au bas du coteau, le chemin se perdait en multiples sentes, vaguement tracées par les pieds dans les montées. Elle gravit, essoufflée, l'escarpement sablonneux et, bientôt, fut dans les pins. Toute chaude, toute rose, elle appuya son corps à un tronc, considéra le lieu qui depuis quelques jours poursuivait sa pensée.

Sous les raides feuillages verts, des bruits secs, fins, cliquetants; une odeur chauffée, quintessenciée de résine; entre les cimes, de grands pans de ciel, très haut, d'un ciel vertigineux où l'on sentait les arbres fuir dans le tourbillonnement du globe. L'allégement des sommets animait sa poitrine de souffles vivaces, son cœur de gaieté, et les terreurs nocturnes, les fantômes des creux de la terre, encore une fois s'évanouirent.

Jeanne marcha vers la pavillon,

Elle prit la clef dans sa poche, et délibérément, sans hésiter, l'enfonça dans la serrure; elle s'attendait à de la résistance, car elle n'était pas sûre que ce fût *la clef*, mais la porte, au contraire, à la première poussée, céda, fermée seulement au pêne, roula d'un mouvement doux sur ses gonds. Mme de Vienne entra : elle se trouvait au milieu d'une pièce ronde, au plafond conique et dont les murailles étaient de verre.

De hautes ferrures élancées comme des tiges s'épanouissaient en rameaux contournés d'une ferronnerie souple et délicate, tantôt supportant des glaces énormes ou encerclant des parcelles de verrières, se ramifiant, s'épanouissant en nervures, en multiples branches. Quelquefois une hampe de fer arrêtée dans sa montée se divisait, retombait, comme les gerbes d'un jet d'eau, en filets grêles, et les verres en cascades lumineuses tombaient aussi par gammes saccadées de tons vers les unités simples des bases, surfaces indigo ou ocre réglées par le parallélisme des lames nues — comme une eau calme dans des lignes de

quais. Aucun dessin, nulle peinture dans la coloration intense et folle de ces verres, seulement des tons établis à côté les uns des autres, parfois brutalement contrastés, par paquets violents, d'autres fois de nuances cherchées, de valeurs ténues, précieusement harmonisées. De place en place, taillés dans le cristal épais, de longs prismes décomposaient la lumière, la dispersaient en paillettes, en scintillements fébriles. On eût dit la lanterne de quelque grand phare vitré de glaces polychromes. Un échiquier de cristal, aux pavés translucides, alternativement rubis et roses, était le sol, sur lequel jetées, des peaux de bêtes, aux têtes naturalisées, nageaient les pattes tendues. Ces pelleteries montaient à l'assaut des murs de cristal, débordaient sur les divans circulaires, se vautraient avec des abandons de fauves sous cette atmosphère d'arc-en-ciel.

Il lui semblait qu'elle était dans un bain de nuances, que des couleurs comme des ondes coulaient sur ses épaules, sur ses joues; le choc de ses pas éveillait des échos sonores, des bruits endormis depuis longtemps qui nageaient sous la haute voûte comme des poissons aux écailles sonnantes et dont l'ondulation lente moirait l'air figé de cette retraite si longtemps close. En même temps elle flairait dans cet air le volatil arome du parfum, de l'haleine déjà respirée l'autre jour dans le petit salon de Lyons. Aucune autre émotion cependant qu'une curiosité ravie de se mouvoir dans ce rêve de cristal, la joie naïve de sa découverte.

Elle se sentit lasse et voulut se laisser aller sur le circulaire divan, ei seulement alors, elle aperçut la vétusté des objets qui l'entouraient, les poudres d'un gris sale couvrant les meubles, dessinant les rebords des plinthes, les meneaux des verrières d'une couche ouateuse et molle ; les fourrures tombaient en miettes, dévorées par les vers, et tout ce joli pavillon, dans l'arlequinade de son atmosphère brillante et pailletée, n'était qu'un grand tombeau où des pourritures grouillaient.

Chacun de ses pas maintenant soulevait des poussières tassées qui s'effaraient ; bientôt sous la tombée mince d'un rayon de soleil obliqué par un des prismes ce fut, dans l'air, une danse de sylphes gris qui s'attachaient aux vêtements, se couchaient dans les plis des jupes. Elle allait et venait, inspectant la pièce, découvrant dans ce décor pompeux un coin féminin, intime, blotti dans une encoignure, près d'une cheminée dissimulée. Là une table basse, un fauteuil coquet, fait pour un joli repos, une étagère chargée de livres, au-dessus de la cheminée une glace ovale, penchée, comme regardant : un petit campement de femme intelligente et délicate, qui profondément l'attendrit.

Pourtant, de l'avoir vu, de l'avoir conquis, elle se familiarisait avec le pavillon mystérieux.

— Il faudra, dit-elle, presque haut, que j'envoie Justin ici. Comment a-t-on pu laisser tout ça dans un état de saleté pareille ?

II

— Marie, vous pouvez me coiffer maintenant, dit Jeanne, et, s'asseyant, d'une saccade de nuque elle envoya en arrière la nappe molle et dorée de ses cheveux.

Sous les doigt de la femme de chambre maniant les longues mèches, les tressant en nattes lâches, sa pensée s'endormit ; ainsi qu'en une progression de songes elle notait les étapes parcourues par son esprit depuis la veille. Les deux lettres trouvées dans les tiroirs de M. de Vienne, et, à leur lecture, sa peur, sa peur honteuse et glaçante, ses ruses, ses félineries la veille au soir pour laisser Jean s'endormir avant elle ; son lever rapide au matin, sa fuite du lit... et puis le grandissement de l'idée fixe : « il faut aller au pavillon ! »

— Marie, vous me tirez les cheveux !

La natte faite, Marie enlevait le peignoir, la vêtait d'une chemise de nuit. Jean entra.

— Nous ne nous sommes pas beaucoup vus aujourd'hui.

— C'est vrai, qu'est-ce que tu a donc fait toute la journée ?

— J'ai été jusqu'à la Hayrie ; j'ai relevé tous les comptes depuis deux ans. C'est un vrai travail. Et toi ?

— Moi. Je me suis promenée un peu dans le parc après la pluie...

... La pluie ! la fine pluie qui pleurait sur les feuilles, tombait en gouttes tristes à ses pieds sur les graviers du parc ; et plus loin les flaques jaunes dans les glaises et l'air bleu sombre stagnant sous l'immobilité des sylvestres ! Marie agenouillée lui retirait ses bas d'un mouvement déroulant ; la chambre où mourait un feu futile de sarments était douce et chaude et claire ; Jean allait et venait, tournant le remontoir de sa montre, déposant ses bagues, sa monnaie, dans les coupes de la cheminée... Elle entrait dans le pavillon, respirait l'haleine fleurie, vivait dans ce rêve de cristal, et dans le vide blanc de la glace ovale, *elle s'en souvenait maintenant qu'il faisait nuit*, il lui semblait que lentement une vapeur claire, à peine formulée, passait.

— Vous pouvez vous en aller, Marie. je n'ai plus besoin de vous.

Seuls, Jean s'asseyait près d'elle, lui prenait les mains :

— Qu'est-ce que tu as depuis ce matin, ma petite Jeanne ? Tu n'as rien dit tout le temps du dîner, tu as l'air toute préocupée.

— Mais non, Jean, je t'assure je n'ai rien ; je crois que j'ai un peu trop marché, je suis fatiguée, j'ai sommeil...

Qu'avait-il pu se passer là-bas, il y a vingt ans ? Quel était ce long secret qui avait germé dans les couches profondes de l'oubli pour venir sinistrement s'épanouir ainsi devant elle ? Qu'allait-elle donc apprendre ?... car elle était sûre qu'elle finirait par savoir.

— A quoi penses-tu encore ? Tu n'es pas malade au moins ?

Résolument elle voulut sortir du songe, rompre l'enveloppement menaçant du passé.

— Mais je n'ai rien, Jeannot ; grand bêta, vient donc m'embrasser.

Et dans sa tendresse revenue il y avait comme une hâte d'être jeune, d'être amoureuse... pendant qu'elle le pouvait encore.

III

Sous la lueur arlequinée, dans l'atmosphère bigarrée, hyaline, Jeanne vagua lente, teintant son esprit d'évocatrices colorations.

Tout maintenant était changé dans le mystère du pavillon si longtemps clos ;

les fourrures avaient été renouvelées ; les dalles harmophanes balayées luisaient plus claires, les verrières lavées à grande eau, encadrées d'étoffes neuves, lustraient, d'un chatoiement de pierre précieuse, une lumière de kaléidoscope, plus brillante, plus diversifiée, et, dans leurs transparences pluricolores, ce furent d'étranges paysages qui apparurent.

Un, — parce qu'elle regardait à travers le verre bleu d'un losange, — fut de neige. Sous de minces couches de lumière pâle, l'habituelle vision du pays se transformait ; les champs, comme sous des lueurs de lune, s'étendaient. Des bouquets d'arbres, en masses d'azur plus foncé, plaquaient les plans obliques de leur immobilité gelée et, sous le ciel décoloré, toute la terre semblait figée dans la frigidité des froids de l'éther. Des souvenirs de romans rappelèrent à Jeanne des descriptions de plaines lunaires, et, un moment, elle eut la sensation qu'elle avait devant elle le monde transi, la terre gercée, aux crevasses énormes, la terre des désolations immobiles, la Sélènè des astronomes. Elle perdait pied à planer sur les solitudes muettes, à se laisser ravir dans les tourbillons secs et froids de l'espace, sentant son âme se glacer sous les lueurs mornes versées dans ses yeux... Mais un mouvement machinal de ses pieds haussés changeait sa vision, la mettait devant l'orangé d'un grand lis de cristal épanoui dans le vitrail et la nature changeait encore : c'était, sous l'éclatant soleil équatorial, une terre écrasée de lumière, des plantes énormes et grasses suant la chaleur, des plaines jaunes, d'un jaune puissant et roux de feu de forge : un air brûlant, un air saturé de chaleur solaire, flambait, et dans son imagination puérile, elle croyait voir à l'horizon l'ondulation d'or du désert étendre sa large bande de sable jusqu'aux lignes violettes et dures des montagnes très loin.

Maintenant elle trempait ses yeux dans la douceur verte d'une lame unie, et c'était un monde languissant, un monde moiré d'humidité vénéneuse, comme un monde entrevu sous le plafond glauque des eaux, un royaume sous-marin où l'air ne riderait en ondes pâles ; des vols de corbeaux un instant y nagèrent, suspendus dans un fluide, semblèrent les poissons de quelque mondial aquarium... un brusque déplacement de tête la jetait en plein rouge : une autre vie se révéla, la vie sombre et robuste d'un astre en progression ; l'atmosphère rubescente baignait des populations, des villes inouïes, de teintes sanglantes, et Jeanne se souvint de Mars, l'étoile rouge.

Ainsi le monde des mirages envahissait peut à peu ses yeux et son cœur.

Elle secoua ces faisceaux de lumière qui se croisaient au fond de ses prunelles, et, cette fois, osa poser ses doigts sur les touches noires aux dièses blancs du clavecin, émue d'entendre les notes aigres et grêles tinter avec un bruit de ferraille dans la sonorité cristalline du cintre. Une gavotte naquit, se cadença sous ses mains en notes de perle, détachées, menues. Un rêve composite ennuageait son esprit, un rêve généré par la grâce anormale et double de ce pavillon perdu : les vitraux versant leur lumière épaisse, hiératique, ombraient les mignardises d'une danse jolie, rythmée de révérences et fleurie de jetés-battus et une confusion flottait, charmante et maladive, d'époques... ses doigts s'arrêtèrent sur les touches appuyant la cadence par-

faite d'un vieil air. et, levant les yeux vers la glace ovale, elle crut voir dans les transparences claires du miroir s'effacer comme une ombre, comme une haleine évaporée qui fond, les contours pâles du pastel de Lyons et les yeux tendres de sa mère.

IV

En coupant pour revenir au château, elle ouït le pas lent et allongé d'un cheval, et, venant à elle, entre les haies d'un chemin, elle aperçut son mari tout doré par l'attouchement d'un rayon horizontal. Assis sur sa selle, les jambes tendues, le buste affaissé dans le rythme des réactions, les mains sur les cuisses poignant les rênes, il rentrait doucement laissant aller le maigre pur sang, l'encolure fine allongée, comme tendue vers l'écurie prochaine.

Sur un « hep » léger de Jeanne, Jean arrêta sa bête qui, relevant la tête, inspectait devant elle de ses larges yeux dilatés.

— C'est toi, d'où viens-tu ? Mais tu es donc toujours en route ?

— Je viens du pavillon.

— Encore ! tu y passes donc ta vie !

Il enjamba le cou de son cheval et se laissa glisser le long de la selle ; la bride sous le bras, il marcha près de sa femme.

— Qu'est-ce qu'il y a donc de si curieux dans ce pavillon ? Sans reproche, il me semble que vous y passez toutes vos journées, Mademoiselle Jeanne.

— Il faut bien y mettre un peu d'ordre, c'est une si jolie chose ; comment a-t-on pu la négliger si longtemps !

— Vraiment, c'est si joli que ça ? il faudra que tu m'y mènes un de ces jours.

— Oh ! non, dit-elle vivement.

Il la regarda étonné.

— Pourquoi ?

— Quand tout sera arrangé, plus tard.

— Ça te préoccupe tellement que tu n'as plus l'air de penser à moi du tout. Tu dors tout de suite le soir, le matin tu es debout dès sept heures...

Il se pencha sur elle le bras appuyé à sa taille, et il lui dit tout bas, dans le cou, effleurant ses cheveux de sa moustache :

— Il y a longtemps que tu ne m'as pas embrassé.

— Prends garde, on peut nous voir du village.

Le soleil mourait au sommet rose dès tourelles et, sur la terrasse sablée, l'ombre s'allongeait. L'éclat chaud et joyeux d'une vitre leur dénonçait la salle à manger où le dîner attendait; au premier, des lumières allaient et venaient dans les chambres. Jean donna son cheval à un domestique.

— Je vais changer. Viens-tu avec moi ?

— Non, je ne peux pas, il faut que je donne un ordre à Justin.

Il eut l'air un peu vexé :

— Comme tu voudras, mais ne nous fais pas mettre à table trop tard, je monterai tout de suite après dîner, je suis fatigué.

— Qu'est-ce que tu as fait, toi aussi, toute la journée ?

— J'ai été à la ville parler au notaire.

— Tu as passé à la pharmacie pour la petite Marianne ?

— Oui. Ils enverront. Ce n'était pas prêt.

Quand, vers onze heures, il entra après elle dans sa chambre, elle sentit que la lutte de l'autre soir allait recommencer.

Et d'avance elle se raidit contre l'abandonnement qui, déjà une fois, l'avait jeté dans ses bras.

Et, en effet, il répéta comme l'autre soir :

— Tu ne m'aimes plus, tu as quelque chose contre moi. Est-ce que je t'ai fait de la peine sans le savoir ?

— Mais non, Jean, je t'assure, je n'ai rien... Comment pourrais-tu m'avoir fait de la peine ?

— Je ne sais pas. On dirait que depuis quelques jours il y a quelque chose entre nous. Tu n'es pas la même.

— Mais je suis la même. Tu as tes occupations, moi j'ai les miennes, c'est pour cela que nous nous voyons moins.

— Oui, mais quand nous sommes seuls ce n'est plus comme autrefois... Tu ne m'aimes donc plus ?

— Ah ! Jean, dit-elle, et d'un mouvement enfantin elle lui jeta ses deux bras autour du cou.

— Alors si tu m'aimes pourquoi es-tu comme ça, on dirait qu'il y a quelqu'un d'invisible entre nous deux...

Elle cria « ah ! » comme frappée d'un coup de couteau.

Il poursuivait, l'enveloppant de caresses :

— Voyons, ris-moi un peu; vraiment, tu as l'air sinistre depuis trois jours. Est-ce que tu as rencontré un esprit dans le pavillon; on dit qu'il y revient ?

— Je t'en prie, ne parle pas comme cela, tu me ferais mourir de peur.

Elle s'était levée, terrifiée.

— Allons, tu es nerveuse ce soir, mets-toi dans ton lit, tu dormiras, tu te calmeras.

Il la prit dans ses bras, la souleva, légère, la porta vers le lit sans qu'elle pût s'en défendre, et elle demeura un moment étourdie dans un svelte et jeune abandonnement. Penché, il noyait ses yeux dans l'abîme clair des yeux de la femme, l'embrassait ; une tendresse profonde et chaude débordait de son cœur à ses lèvres couvrant de baisers la fraîcheur, la soie lisse et douce des joues.

— Dis-moi donc que tu m'aimes, ne me boude plus, murmura-t-il, en desserrant un peu le lien de ses bras ; il la regarda avec ravissement.

— C'est vrai que nous nous ressemblons ; tu as mes yeux.

Elle se redressa brusquement, sauta du lit :

— Ne dis donc pas des choses pareilles. Vraiment, Jean, tu ne sais qu'inventer ce soir.

— Mais quoi ? — Mais ce n'est pas mal ! C'est toi qui ne sais qu'inventer pour être méchante avec moi.

Tout haletant encore de sa fièvre d'amour, plein de cette peine intime et profonde des jeunes hommes arrêtés dans leur désir, il lui cria furieux :

— Tu es méchante, méchante, je ne t'aime plus ! — Pourquoi ne veux-tu plus de moi ?

Et son attendrissement déviant en brutalité il donna un coup de poing sur une table qui s'écroula chargée de bibelots.

Des larmes saillaient sous ses paupières.

— Jean ! Jean ! qu'as-tu ? cria-t-elle.

Soudainement calmé par sa violence, il se jetait de tout son corps sur la chaise longue, la tête dans ses mains comme un enfant chagrin.

Elle s'asseyait auprès de lui, caressait ses cheveux et son cou, et dans sa mémoire le souvenir, imprécis mais certain, surgissait d'une même scène dans leur passé enfantin, de disputes, de bouderies pareillement terminées dans la petite salle d'études où si longtemps ils avaient travaillé ensemble, frère et sœur.

V

Elle referma au verrou la porte du pavillon, et, tout de suite, dans le silence, sous les diverses lumières du dôme vitré, elle se sentit pleinement seule et libre, prête à l'action longuement méditée et jugée nécessaire ; sa poche était lourde dans sa robe et elle sourit en y posant la main de sentir la bosse d'un ciseau, d'une tenaille ballottant sous l'étoffe mince.

— Je vais cambrioler à domicile, pensa-t-elle, se montant pour être gaie.

Elle s'approcha du calme recoin près de la cheminée sous le regard blanc de la glace ovale, s'agenouilla devant le petit secrétaire de Boule que toujours vainement elle avait essayé d'ouvrir. Lentement, adroitement, elle fit une pesée près de la serrure, tendant les muscles de ses jeunes bras nerveux : l'écaille sauta par place, se fêla de rayures fines ; elle appuya vigoureusement et les cuivres se déchaussèrent, laissant béer un tiroir qu'elle arracha violemment, fit tomber sur le tapis où des liasses de lettres s'éparpillèrent. Jeanne se trouva assise sur ses jarrets au milieu de feuilles légères, ouvertes comme des ailes. Au hasard, elle dépliait les lettres, les lisait à la volée, sans ordres de dates. C'était tantôt de fins et légers traits de plume effleurant à peine, d'une encre blanchie le papier vergé, jauni par le temps, tantôt une haute, large, grasse, régullère écriture d'homme, couvrant les pages, sans hâte, de caractères nets et durs... Aucun point de repère dans la déroutante jonchée :

« Je vous écris encore sous l'impression de votre adieu d'hier soir, je vous assure que vous me désolez avec votre lent et soumis désespoir; je vois dans vos yeux, je lis sur votre front la présence de l'idée qui vous mine; vous souffrez, j'en suis la cause, et je ne puis rien pour calmer cette souffrance; rien que vous écrire comme je fais, vous écrire, ce qui aux yeux du monde serait appelé une imprudence et qui pour moi est une faute : chère faute que j'aime puisqu'elle vous console un peu.

« Mais franchement votre sort, ami, est-il si misérable? Vous aimez une femme qui n'est pas la vôtre, qui ne peut être vôtre, cela est triste, j'en conviens; mais cette femme, vous la voyez tous les jours, elle habite votre vie, l'intimité de notre voisinage permet qu'à chaque instant nous nous rencontrions; votre chère causerie, votre présence remplissent mes journées, vous êtes dans ma sombre existence tout ce que je puis avoir de bonheur et de soleil, n'est-ce pas beaucoup pour vous, si vraiment vous m'aimez, que de pouvoir vous dire cela! »

C'était une longue lettre tendre et sage, d'amie qui console et caresse, et Jeanne émue, la lisait, heureuse, rassurée. Oui, elle se l'avouait maintenant, sa mère avait aimé le père de Jean. Elle savait, pour l'avoir connu elle-même, quel charme délicat, presque féminin, émanait de lui, homme de l'ancien régime, rapproché, par des transmissions lentes de générations espacées, du galant xviii° siècle. Elle se rappelait la grâce et le charme, la qualité de son esprit ironique et poli, point très haut mais fait pour plaire, pour s'épancher en badineries, en sentiments émoussés et fins; comprenait que sa mère eût pu l'aimer. D'un vol de pensée, Jeanne reconstitua l'histoire de discrète tendresse révélée par cette lettre : la recherche de l'homme, passionnée mais point brutale, parée d'élégance; la lutte silencieuse et digne, la défense amicale de la femme... elle fut presque heureuse, presque fière.

Au hasard elle ouvrit une seconde lettre :

« Puisque je suis sûre de mourir, heureuse de mourir, puisque c'est un peu par vous que je meurs, voulez-vous encore une fois venir me voir dans le cher et sinistre pavillon. J'irai vers six heures; vous savez, je veux vous voir encore, j'ai tant de choses à vous dire... »

Une des lettres au papier raide bâillait dans la liasse :

« Vous n'avez pas voulu, madame, me laisser achever ce que je voulais, d'une si forte passion, vous dire; il faut donc que je vous l'écrive, au risque de vous déplaire encore. Il est bien entendu, je le sais, que vous ne lirez point ces lignes, que vous me les renverrez sans les avoir parcourues; je puis donc vous y répéter tout ce que je pense, tout ce que je n'aurais pas osé vous écrire, si je n'avais été d'avance assuré que vous ne les lirez point. Je vous aime, madame, je vous aime d'une passion si intense et si profonde qu'elle emplit tout mon cœur, l'envahit et l'agrandit. Comment cela est-il venu, je ne sais, je me demande même si cet amour-là n'était point de tout temps dans mon être, vous attendant, vous pressentant : c'est votre chère apparition qui l'a fait éclore. Combien y a-t-il de temps que vous êtes revenue dans ce pays? Six mois, je pense? eh bien! il y a six mois que je vous aime! six mois, allons donc! il y a toujours! Vous êtes arrivée dans ma vie grise et triste, comme une joie, comme une élégance, comme ma jeunesse retrouvée, et mon cœur mort, tel que Lazare, a ressuscité rien qu'à votre approche. Mon passé, tout mon passé, trop vivant peut-être, disparaît et meurt dans cet amour nouveau, dans ce sentiment qui m'envahit et me possède... »

La phraséologie d'un homme ennuyé qui s'essaye au style de la passion, en y apportant l'emphase romantique, un peu surannée, des beaux du second Empire. Pourtant il avait dû se brûler à cette flamme, à en juger par une lettre qui maintenant tombait sous la main de la jeune femme :

« Je pars, adieu! Je retourne à Paris, je vais y reprendre ma vie, tâcher d'oublier; comment? avec qui? N'importe! Puisque vous ne voulez pas m'aimer comme je vous aime, puisque vous n'avez pas eu pitié de l'homme pour qui vous étiez tout, cet homme n'aura pitié de rien. Femme, enfant, rien n'existe plus pour moi dans le naufrage de mon amour et de ma vie. Jamais on ne me reverra dans ce pays dont votre indifférence me chasse; je vais aller voir s'il se trouve quelque part des femmes qui ont un cœur ou, à défaut d'amour, des passions assez folles, assez neuves, assez intenses pour détruire à jamais celle dont je souffre si cruellement, si vainement !... »

Une autre lettre, l'écriture aiguë et fine.

« Ami, je vais un peu mieux aujourd'hui, j'ai moins toussé la nuit, je profite de ce mieux pour vous écrire longuement, je profite aussi de ce qu'il est en forêt; cela me répugne tant d'avoir à me cacher comme une coupable pour causer avec vous; notre affection me semble si sainte, si pure, que je voudrais pouvoir l'avouer à tous. Je vous écris sur ma petite table, vous savez, celle que vous aimez; Juliette m'a installée devant ma fenêtre d'où je vois se dérouler ce paysage si connu et si cher : les arbres du parc, ces coteaux qui montent en pente douce vers le ciel, ces coteaux derrière lesquels est un joli château et dans les allées de ce château, le front rêveur, les mains distraites, un homme à qui je pense beaucoup et qui peut-être en ce moment pense un peu à son amie. Je suis de loin le travail des ouvriers dans le bois de pins où le caprice de ce charlatan de Patru veut me confiner. Leurs échafaudages se détachent en clair sur la masse sombre des arbres. Vous ai-je dit les folies que je médite pour ce pavillon? M. de R... m'a donné carte blanche et j'ai donné, moi, libre carrière à mon imagination excitée encore par les conseils de cet architecte fou, mais de ce grand artiste Zompiri, qui jamais n'eut, je pense, si belle occasion de se livrer à sa fantaisie fantasque et grandiose. Vous verrez cela dans quelques jours, car mes premières vraies sorties seront pour en faire les honneurs à mes amis... vous en êtes un, n'est-ce pas? Mais je cause, je cause, ma plume vole et les heures s'écoulent, c'est une douce façon de les faire couler... »

Une encore tombait de la liasse, une feuille de papier pelure qui frémissait, qui deux fois voleta sous ses doigts avant qu'elle pût la saisir.

« Jean, je sais que tu es à Paris, je sais que tu as repris ta vie d'autrefois, on t'a revu avec cette femme, et devine par qui je l'ai su ? Par Mme de Vienne qui est venue pleurer chez moi, c'est moi qui ai dû la consoler! je ne t'en veux pas, Jean, tu es bon, mais faible, tu te laisses entraîner sans songer à ceux qui souffrent; je ne t'en veux pas. Tout ce que j'ai eu de bonheur dans ma vie vient de toi. D'ailleurs, si je souffre aujourd'hui, si mon cœur est douloureux, mon âme désolée, ne dois-je pas remercier Dieu de faire commencer sur cette terre le châtiment de ma faute. Je ne te demande qu'une grâce; si tu as conservé un souvenir de moi qui t'ai si follement aimé, qui t'aime si follement encore malgré tout, reviens auprès de ta femme quand je serai morte — ce ne sera pas long. — Je tremble en songeant que je vais laisser livrée aux colères, aux brutalités de M. de R..., ma pauvre petite fille chérie. Il faut qu'elle soit souvent chez vous, dans votre intérieur calme et heureux, qu'elle grandisse en même temps que ton cher petit Jean dont j'ai été si jalouse, qu'ils s'aiment comme un frère et une sœur. Oh ! Jean, je mourrai plus tranquille, si je suis sûre qu'après moi tu n'abandonneras pas ta fille... »

Son sang, son sang fluviatile mourait aux extrémités de ses membres, il lui semblait qu'il lui coulait par les doigts comme une eau, que tout le sang de son cœur se vidait par ses veines ouvertes; en même temps de confus bourdonnements obstruaient ses oreilles, grandissaient en glas précipité de cloches noires. Elle sentit son nez se pincer comme sous la pression de deux doigts minces, et de longs feux pâles éblouirent ses yeux : la vie mourait... Par un dernier effort d'énergie, elle leva ses paupières pour échapper à la nuit qui montait, et ses prunelles, élargies par l'angoisse, s'appuyèrent sur la glace ovale de la cheminée. Inclinée légèrement, elle reflétait une partie de la pièce : Jeanne crut voir une brume légère s'étendre lentement, ternir l'éclat du miroir, voiler la réflexion des objets. Et cette brume se modelait, semblait-il, devenait un buste de femme qui curieusement se penchait; les yeux gris et veloutés du pastel de Lyons la regardaient avec une pitié infinie, pleuraient sur elle.

VI

Là lampe mourait sous les obscurs du dôme : Jeanne s'éveilla couchée, tombée sur la litière infâme des lettres. Lente, elle se souleva, posant ses paumes à terre, longue dans la ligne féline de son corps et de ses jupes, comme un animal étiré. Puis, ses genoux la hissèrent, elle se trouva droite, et l'horreur de ce qu'elle venait de savoir battit de nouveau ses tempes; le souvenir, la sévérité des étiquettes de sa vie s'y mêlèrent: elle allait manquer l'heure du dîner! Et ce détail lui illumina l'explication nécessaire avec Jean, le coup de pioche à donner en plein bonheur, la séparation immédiate, obligée et si difficile, gênée par les gluants tentacules mondains, l'effroi des commentaires.

Elle marcha vers la porte, l'ouvrit et se trouva en face d'un mur noir. Une nuit basse et triste ensablait les arbres et, tout autour d'elle, un épouvantable silence s'appesantissait

Il fallait rentrer pourtant!

Et d'une ébrasure de pensée elle estima le chemin à parcourir.

De se savoir si loin, séparée par des espaces d'ombre, du clair et joyeux logis qu'un instant elle récréa, cela la fit fléchir... Et là-bas, on devait l'attendre, la chercher!

Vivement, elle revint à l'intérieur, jeta à brassées les lettres dans le tiroir d'un autre meuble qu'elle ferma, puis elle tourna le bouton de la lampe et la nuit là aussi s'abattit sur elle, et, ce frêle gardien de lumière, il lui sembla qu'elle venait de le tuer, avec, aussitôt, le regret désespéré de la clarté disparue, irretrouvable. Elle tira la porte, fit des pas sous les pins et, bientôt, un peu de gris s'étala dans la nuit en avant. Ses pieds purent reconnaître en tâtonnant la sente suivie le matin. D'effrayants souvenirs marchaient à côté d'elle : des souffles rauques s'entendaient, des chocs, peut-être les frappements des sabots du cheval fantôme, de vagues plaintes... Elle sentait ses oreilles remuer, percevoir, tâcher d'être des yeux. D'un coup elle trébucha contre une pomme et cria un « ha! » tout haut de douleur et d'angoisse.

Mais la nuit s'ouvrait moins sombre; elle avait dépassé les arbres, se trouvait maintenant à l'air libre, au sommet de la butte. A ses pieds, comme un trou d'ombre, les champs parcourus au midi:

une cuve pleine de vapeurs, le tassement mou de fumées sous un ciel chargé de suies. Elle devait plonger au fond de ces ténèbres, et, juste, elle sentit un vent de pluie passer, suinter!

Pourtant elle percevait un bruit humain qui fut délicieux à son épouvante: les grelots vifs d'une carriole roulant en bas, sur la route; un peu plus tard un feu de lanterne tressauta, éclairant la croupe grise d'un cheval. Jeanne songea au fermier assis de travers sur sa banquette et qui sifflotait heureux de rentrer, son cœur se serra: est-ce que s'il la voyait silhouettée à la lisière des pins, il ne la prendrait pas pour le fantôme des veillées? Qui savait si en ce moment elle n'était pas en *réalité* le spectre de l'autre?

Les jupes poignées, elle dévala la colline, glissant sur ses talons dans les sables, roulant dans les talus, essoufflée, affolée, heureuse enfin de sentir sous ses pieds la dureté du macadam, de se savoir sur la route, là ou les hommes passaient.

Et des feux dans le lointain s'allumèrent, indiquèrent, d'une ligne hachée, la rue du village, au-dessus de la Vénerie.

Bientôt elle atteignait la clôture du parc et ce fut une baignade, une douceur de se sentir dans l'odeur mouillée et verte des arbres. Elle était chez elle! Tout près, elle vit des feux cligner à travers les allées du parc, de ces feux vacillants comme ceux de flambeaux qu'on tient à l'air et des voix parlèrent tout près d'elle, des pas aveugles butèrent dans les fourrés.

— Pour sûr que Madame se sera perdue dans les champs, elle aura peut-être voulu aller à Lyons.

Un « hop » vigoureusement lancé passa

— Ah, du côté du saut du loup, moi je vais sur la route.

C'était Jean.

Et la voix près grogna, celle du père Frochart.

— Est-ce que ça va recommencer comme pour Madame la Marquise? avec ça qu'elle lui ressemble à me faire peur. Pour sûr que je n'irais pas ce soir du côté du bois de pins quand on me paierait.

D'un saut elle fut hors des taillis, en pleine lumière.

— Me voilà, qu'est-ce qu'il y a? Comment! on me cherche?

Jean cria « ah! » d'une voix étranglée, délivrée, et elle vit à plein son visage sous la lueur hachée.

— C'était vrai qu'il lui ressemblait tout de même!

Il courut à elle, la prit aux épaules.

— D'où viens-tu? Dieu, que tu nous as fait peur! Mais qu'est-ce que tu es devenue? Il y a deux heures qu'on te cherche.

Elle se dégagea d'un coup de reins, nerveuse, pressée.

— Je n'ai rien! Je suis un peu malade! Je me suis perdue, j'ai eu froid!

— Tu es malade? qu'est-ce que tu as? Je vais envoyer chercher Monnot.

Elle cria:

— Non, non, je vais rentrer. Puis vit le cercle de gens qui la regardaient d'un air hébété, devina des commentaires.

— Non, mon ami, ne t'inquiète pas, j'ai voulu aller à Lyons, je me suis trompée de route; je vais rentrer me réchauffer, ce ne sera rien.

Et de son air haut de suzeraine, elle dit circulairement:

— Merci, mes bons amis, je vais tout à fait bien, rassurez-vous, allez prendre un verre de vin à l'office. Bonsoir.

Dans sa chambre elle s'affaissa pendant que Marie délaçait ses chaussures embouées.

— Mais qu'est-ce que tu as? qu'est-ce qui t'est arrivé? répétait Jean debout devant elle. Je t'ai crue morte.

Elle eut un vague sourire, murmura en elle-même;

— C'est peut-être vrai!

— Tu sais que je n'ai pas dîné. Tu vas manger, n'est-ce pas; tu vas prendre quelque chose de chaud au moins?

— Non, rien. Va dîner, toi. Je t'en prie, Jean, laisse-moi; Marie me soignera.

— Mais je te soignerai encore mieux que Marie.

— Non, non, laisse-moi.

— Est-ce que tu es fâchée contre moi?

— Mais non, je ne suis pas fâchée, mais je suis fatiguée, je suis énervée. Je t'en prie, Jean, veux-tu me faire un plaisir? elle hésita: Mais non, tu ne voudras pas.

— Si, si, dis-moi ce que tu veux, je le ferai.

— Eh bien, laisse-moi dormir seule cette nuit. Ton lit est fait dans ton cabinet.

— Mais je veux bien, seulement qui est-ce qui te soignera si tu es souffrante? tu m'appelleras au moins?

— Oui, je te le promets; mais maintenant laisse-moi me coucher. Marie va me faire une tasse de thé, c'est tout ce qu'il me faut.

Il la regardait inquiet, s'approcha d'elle, embrassa ses cheveux

— Bonsoir, mon petit Jean, criat-elle, et, malgré elle, elle l'embrassa en plein dans la moustache.

Marie, avec des soins muets de bonne femme de chambre, apportait un plateau chargé de gâteaux, de choses aimées pour la tenter ; auprès de la théière une tasse de consommé.

— Monsieur a bien recommandé à Madame de prendre ce bouillon.

— Merci ; dites à Monsieur que je le prendrai. Bonsoir, Marie.

Avec un soulagement infini elle écouta le heurt doux de la porte se fermant ; elle alla, pieds nus, pousser le verrou et respira, tranquille.

Malgré sa peine, elle sentait un plaisir physique à entrer dans son lit, à étirer ses membres las ; le confort, la sécurité profonde de sa chambre élairée, amie, atténuait, annulait presque le souvenir du bois sous la nuit, du long chemin parcouru dans les embûches de l'ombre. Tout semblait disparaître, n'être plus vrai et déjà, dans le jeune et puissant sommeil qui engourdissait ses nerfs, embuait son cerveau, une confiance se glissait que tout irait bien, que le bonheur ne mourait pas ; comme en un courant rapide et profond elle se laissait rouler dans l'oubli...

Un brusque sursaut l'éveilla, elle se dressa droite : devant sa porte un pas pesait, une main doucement tournait le bouton, sentait la résistance du verrou. Et le pas s'éloigna à regret, étouffé dans la nuit. D'un coup, les voiles du sommeil brusquement tombés, elle se retrouvait en face de son malheur. — « Pauvre garçon ! comme il doit être étonné, pensa-t-elle en écoutant la porte de Jean se refermer. Il doit me croire folle ! Dire que c'est moi qui lui fais du chagrin comme ça ! »

Cela lui sembla, tout d'un coup, si monstrueux, si ridicule, qu'elle fut sur le point d'aller le retrouver, de lui demander pardon. Elle se dit : « Comme il

serait content ! » Et cette idée lui vint qu'elle n'avait qu'un geste à faire, et qu'il serait là comme avant. Ce passé qui lui semblait déjà si loin était tout près d'elle ; elle n'avait qu'à vouloir.

Mais par un lent travail des molécules cervicales trépides, un mot, à peine employé, oublié au fond de sa pensée, surgissait, prenait corps, formulait le trouble de son esprit : *l'inceste !* Oui, elle savait maintenant de quel nom son malheur s'appelait, elle savait le mot, et c'était ce mot, ce mot seul qui l'empêchait d'ouvrir à Jean, *l'inceste !*

Par la répétition du mot, le fait matériel s'affirmait encore : *elle était mariée à son frère.* Cette phrase fut un degré de plus dans sa douleur.

Elle se leva, alluma une bougie, fut prendre sur un bureau un petit dictionnaire de poche et l'ouvrit au mot *Inceste.*

« *Inceste*, lut-elle, n. m. (in privat, et castus, chaste), commerce criminel entre proches parents. *Ex.:* qui s'est rendu coupable d'inceste. »

« Commerce criminel ! » : ainsi elle avait un commerce avec Jean et ce commerce était criminel. Cet exemple : « qui s'est rendu coupable d'inceste » le lui affirmait encore : elle était coupable. Elle essaya de s'enfoncer cette idée dans la tête : coupable, coupable... Mais son bon sens réagissait : on n'est pas coupable de ce qu'on n'a pas voulu. Certainement, si elle avait su que Jean était son frère elle n'aurait jamais eu l'idée de l'épouser ; mais rien ne pouvait faire aujourd'hui qu'elle ne fût pas sa femme Et pour la première fois elle comprit la gravité suprême de nos actes matériels, ce qu'ils ont d'irréparable. Parce que, dans sa chair, elle était la femme de Jean, c'était pour cela que le lien était indestructible, pour cela surtout, pour cela seulement, les autres consécrations morales des lois et des cultes abrogeables si facilement. De là, son intelligence précise, logique atteignait à cette conclusion : pourquoi parler, pourquoi recréer la faute par sa parole, détruire irrémédiablement le bonheur avec quelques souffles d'air groupés en son ? Et aussitôt elle se décida à ne rien dire à Jean ; elle le connaissait bien, si dominé par les conventions, si soumis à la sévérité de tous les principes. Qui sait s'il ne serait pas contre elle... Et elle s'aperçut qu'elle était déjà de complicité avec la faute, prête à pactiser avec.

Et d'ailleurs, avait-elle le droit de parler, de trahir le pauvre secret maternel oubliée de tous ?

Son verbe seul pouvait, évoquateur de spectres, ressusciter la honte ensevelie sous la terre et dans le temps, et cette jeune femme alors, la veille encore insouciante et gaie, comprit tout d'un coup toutes les profondeurs occultes, les puissances surhumaines de la Parole et du Silence.

Elle eut cependant aussi cette perception secondaire, très nette, de l'impossibilité de garder ce secret en elle-même informulé, rongeur ; elle sentit la nécessité de la confidence, ce besoin qu'a l'homme d'extérioriser les intimités de son moi. Et cette idée si naturelle à un esprit de femme se précisa : *la confession*. N'était-ce pas le prêtre, cet être désintéressé de toute passion, cet être placé en dehors de l'humanité, à qui elle pouvait avoir recours sans faire souffrir ses pudeurs, sans rien trahir ?

Le prêtre l'obligerait à vouloir, déterminerait sa pensée. Mais ce prêtre, ce confesseur, ce ne pouvait être le curé de la Vénerie, ni celui de Lyons ; ceux-là étaient trop près, trop hommes.

Un coup d'aile de la pensée la portait à Paris, dans le parloir lumineux et froid où elle aimait à causer avec le Père, ce grand moine, d'un esprit si calme, si bienveillant, dont le vêtement sculptural plaisait à ses yeux, dont la parole, lente, comme intérieure, lointaine, était communicative de force et de tranquillité. C'est à lui qu'elle irait !...

— Et cet éloignement arrangerait tout ! Ainsi elle évitait les étonnements de Jean, les luttes des premières séparations, même préparait la rupture du lien, si cette rupture devenait nécessaire.

Mais, dans son cœur, une révolte se cabra, à la pensée qu'on pouvait, au nom de la religion, lui imposer la renonciation à son amour. Et cette croyante, cette chrétienne, eut une fureur contre Dieu.

Pourquoi l'avoir choisie, entre d'autres coupables ou malheureuses, pour la toucher en plein bonheur, en pleine innocence ? Quelle divinité donc — méchante et jalouse — avait prémédité dans les profondeurs de l'Être, cette lâcheté sournoise, ce guet-apens du destin. Et pourquoi justement sur elle cette malédiction de l'inceste ? Quelle faute expiait-elle donc ?

La flamme de la bougie frissonna, toute pâlie, et, se retournant, Jeanne vit des lames blanches de jour se glisser à travers les fenêtres ; elle ouvrit une vitre, poussa les persiennes et vit devant elle le matin, la brume de nuit légèrement enlevée dans les transparences de l'azur, et déjà, sur les cimes d'arbres, de minces touches d'or.

Assise à sa fenêtre, attentive à la montée du jour, elle écouta résonner dans son cœur les appels des choses familières éveillant les regrets, les souvenirs. Du côté des écuries, le ronflement impatient des chevaux attendant l'avoine, la voix des hommes, le raclement plat de leurs sabots sur le pavé. Puis les bruits du pansage, les éclaboussements des seaux d'eau jetés à la volée, les « oh ! » sonores des palefreniers. Un instant après la vie remua dans la maison, les pas de Justin piétinèrent dans le corridor, et sur les pelouses, le son frêle des lances d'arrosage cingla les gazons. Malgré tout, son âme de bonne maîtresse de maison se préoccupait des soins à donner, s'inquiétait des ordres. Comme tout irait mal quand elle ne serait plus là !

Marie frappait à sa porte, elle alla ouvrir

— Comment, Madame est déjà levée? pourquoi Madame ne m'a-t-elle pas sonnée?

— Qu'est-ce vous voulez ?

— C'est le cuisinier qui demande les ordres; c'est le jour du marché à Lyons.

Soumise aux nécessités de la vie, elle commanda, régla les menus d'avance, prêtant l'oreille aux allées et venues de Jean qui hésitait devant sa porte, finissait par entrer, l'air timide et fâché.

— Vous allez mieux ce matin?

Elle fit oui de la tête, inspectant de la plume les comptes de la semaine, notant les erreurs, discutant les chiffres ; puis, l'homme parti, elle regarda Jean en face, les yeux clairs et assurés, pendant qu'une indicible angoisse montait des profonds de son être à sa pensée.

— Eh bien, dit Jean, comment as-tu passé la nuit?

— J'ai bien dormi, je suis reposée ce matin.

Coquettement, un doigt levé en l'air,

elle descendait et remontait de la plume les colonnes de chiffres.

Il vira par la pièce touchant aux objets sur la cheminée, heureux de flairer le parfum léger de cette chambre où elle avait dormi. Mais sa préoccupation triomphait, il prit une chaise, s'assit près d'elle, se décida :

— Enfin, ma chérie, qu'est-ce qui t'est... arrivé hier au soir? Tu étais dans un état...

Elle crispa sa main d'impatience :

— Mais je te l'ai dit, mon petit Jean, je me suis perdue, j'ai eu peur, voilà tout.

— Pourquoi n'as-tu pas voulu que je reste auprès de toi cette nuit?

— J'étais si lasse...

— Ordinairement, tu t'endors dans mes bras quand tu es fatiguée.

Il dit cela avec une si douce tristesse qu'elle ne put plus longtemps lui refuser ses yeux. Leurs regards s'appuyèrent, se touchèrent, remuèrent au fond de leurs cœurs.

— Ah! dit Jean, enfin j'ai retrouvé tes bons yeux; et se mettant par terre, à genoux devant elle, il lui prit la taille dans ses mains, l'embrassa longuement, affectueusement.

— Qu'est-ce que tu fais aujourd'hui? j'espère que tu ne vas pas encore marcher, te perdre comme hier?

— Et toi?

— Ah ! moi! Il faut absolument que j'aille parler à mon notaire, je lui ai donné rendez-vous pour ce matin.

— Tu vas à Montfort?

— Eh ! oui. Je vais déjeuner avec Rouillon, je lui ai promis. Je t'aurais prévenue hier, mais je n'ai pas pu te parler.

— Mais je ne te gronde pas, Jean.

Cette absence facilitait son projet de départ, était comme une *occasion* ménagée par le destin ; et un étrange sourire de gaieté presque railleuse joua sur ses lèvres.

Toute seule à déjeuner, elle réfléchit, songea aux moyens de quitter la Vénerie. Il lui fallait un prétexte, autant pour Jean — pauvre Jean qui serait si malheureux — que pour les domestiques. Comment expliquer son brusque départ, ce départ presque en cachette ? Une fois de plus, elle sentait les entraves qui liaient sa vie, l'obligation d'expliquer, de justifier ses actes devant la certitude des enquêtes hostiles. D'avance, elle vit l'effarement de Jean, le désarroi du château, et de nouveau, elle hésita au seuil de son acte.

Justin entra, apportant les lettres et les journaux, et à la vue du courrier, qui encombrait le plateau, elle s'aperçut avec terreur que, brusquement, comme indiqué par une providence méchante, le moyen lui apparaissait certain, facile, depuis longtemps surgi, germé dans les profondeurs lentes de l'esprit. Elle décacheta les lettres, les parcourut, et tout d'un coup eut un ha ! de surprise qui fit dresser la tête du valet de chambre.

— Justin, à quelle heure le premier train pour Paris ?

— C'est 1 heure 24, Madame.

— Alors, j'aurai le temps ; dites à Marie de monter dans ma chambre tout de suite et faites atteler le buggy.

Sur le mouvement de surprise qu'elle attendait, elle dit, en bonne maîtresse, habituée aux curiosités familiales des vieux domestiques.

— Rose m'écrit que M. le Marquis est un peu souffrant, je suis inquiète, je veux aller le voir, je vous donnerai un mot pour Monsieur.

Elle fit étendre quelques lingeries, une robe, dans sa valise, garnir son nécessaire.

— Madame ne m'emmène pas ? Comment Madame fera-t-elle toute seule ?

— J'aurai Rose ; si j'ai besoin de vous, je vous ferai venir.

Le roulement circulaire du deux-roues grinça sur le gravier de la cour intérieure.

— Vous expliquerez à Monsieur que je suis partie pour aller voir papa, que je reviendrai dans deux ou trois jours s'il est bien ; que, s'il est plus souffrant au contraire, je télégraphierai pour qu'il vienne me rejoindre. Du reste, voici une lettre pour lui.

Vive, elle aidait les mains lourdes de la servante, lissait en un litle joli fouillis des batistes et des dentelles ; d'une poignade vigoureuse, tordit les courroies, les boucla.

— Descendez ça dans la voiture, dites à Justin de vous aider.

Une impériosité alerte dominait ses commandements ; elle avait le sentiment de ses moindres actions dirigées, bien réglées par des volontés éveillées en elle, sentait, inconsciemment, la vie, l'énergie autoritaire des vieux ancêtres, des Lyons, la posséder en ce moment, dicter son être.

La voiture était devant le perron ; droite sur son siège, elle réunit les guides, parcourut d'un regard les domestiques assemblés, intrigués par ce prompt départ après la scène de la veille.

— Méry, dit-elle au chef, vous n'oublierez pas d'aller à Montfort demain pour ce que je vous ai dit. Et puis la mère Thomas a deux oies à donner, vous irez les chercher à Lyons.

Elle prit son fouet pendant que le cocher ajustait la valise dans le coffre.

— Marie, vous donnerez la lettre à Monsieur, elle est sur ma table de toilette.

De nouveau son regard cercla les lieux aimés, le petit château si calme si heureux, avec ses toits hauts, ses lourdes tourelles grises dans le ciel d'outremer, elle claqua de langue :

—Pul hop.

Et le joyeux petit cheval tourna dans la cour, trotta sur la route jaune au travers des prairies fraîches, dans la campagne ouverte, rase, sous le soleil fringant de midi.

TROISIÈME PARTIE

Le Bien et le Mal.

I

Les roues patinèrent sur les rails en glissements savonneux d'une écœurante douceur, puis brusquement, comme solidifiées, s'arrêtèrent, et à l'avant, un coup de sifflet retentit, court, inquiet. On était en pleine campagne, dans la nuit, une étendue noire où se massaient des ombres qui étaient des arbres.

Des falots coururent le long du train, des voix passèrent, aux fenêtres des secondes et des troisièmes des têtes nues sortaient.

— Qu'est-ce qu'il y a ? Faut-il descendre ?

Et le galop lourd du chef de train sonna sur le ballast.

D'une longue tirée la machine entraînait les voitures, puis, après quelques tours de roue, stoppait encore, sifflait comme un animal en danger qui rejâque, sifflait à coups secs, pressés, vite éteints dans l'obscur. Une bouffée de vent fit courber les fantômes d'arbres debout, bordant la haie, et soudain des gouttes cinglèrent le toit du wagon.

— Le train est en retard d'une heure : ils ont peur que la route ne soit pas libre, dit quelqu'un tout contre le marchepied.

Et, se penchant, tâchant d'éclaircir du bout de son gant la vitre grêlée, elle vit des voyageurs descendus qui se pressaient sous l'ondée, inspectaient au loin les colloques des employés.

Dans le wagon, le rideau de la lampe, tiré, laissait tomber une lueur bleue de veilleuse ; Mme de Vienne, seule, accotée dans son coin, était éveillée. A l'autre angle, dans les plis amples d'une même couverture, un couple qu'on devinait sournoisement enlacé dormait, la tête de la femme posée parfois sur l'épaule de l'homme.

— Une lune de miel, se dit Jeanne, et elle sourit amèrement en pensant que la sienne était à peine finie et qu'elle voyageait seule à travers l'horreur de ses pensées et de la nuit, sous la menace d'un accident possible.

Son angoisse était telle que sa jeune vie, un instant, consentie à la mort, la sentit venir au loin, à toute vitesse, avec deux yeux rouges sur les rails de ténèbres.

Un sifflet lointain, amati, se fit entendre, mourant à travers les ondes noires de l'air ; aussitôt la machine répondit, jeta trois cris, aigus, brefs et, presque tout de suite, contre la vitre où elle collait son visage, un express passa en tempête, avec un bruit fracassé, saccadant les lueurs de ses compartiments de tressauts d'ombre.

Soulagée, elle respira pendant que le train reprenait sa course. Dans des levées de nuit, Jeanne voyait l'espace, les champs, les bois, les collines, se précipiter vers elle filer d'un mouvement vertigineux de fuite, en arrière. Des frissons métalliques, de bronze sonore, indiquaient des passages de ponts, avec la vision rapide d'eaux miroitantes, et elle songeait à tous ces pays inconnus qu'elle traversait, à ceux qui les habitaient et dont la vie se décelait par des feux pointillant l'obscur; aux multiples drames, aux bonheurs peut-être qui vivaient sous ces toits à peine effleurés de son regard. Un moment elle perçut ce que pouvait être l'immense indifférence d'un esprit planant au-dessus de la terre, sentit bien la solitude, l'abandon de ces milliers d'êtres dormant dans la nuit, sur ce frêle radeau de monde, à la dérive au milieu des archipels d'astres.

Avec un *frout* affolé, l'espress traversait des tranchées, franchissait de minces viaducs, s'engouffrait dans l'étroitesse d'un tunnel. Saisie d'une épouvante, elle écouta les coups réguliers du piston battre sous les arcs de pierre, l'effroyable fracas, les saccades d'acier du train trépider sous les voûtes basses. Des paquets de fumée, en tas grisâtres, coulaient écrasés le long des murs, et Jeanne, un moment, songea que l'enfer devait ressembler à cela, l'imaginant tout d'un coup très bien : une chute dans la nuit, vertigineuse, éternelle, dans des cubes de pierre étroits, lisses, que les ongles grattent en vain, pleins d'un affreux tulmute et de vapeurs suffocantes. — L'enfer qu'elle méritait peut-être.

Elle ne respira, rassurée, qu'au nouveau frout léger, envolé, du train roulant dans la campagne libre vers les feux gais d'une ville au loin.

Passée la gare banale pleine de feux, de roulements, de voix, l'hypnotisme de la vitesse de nouveau la reprenait ; la machine maintenant freingalait effrénément, secouant les voitures d'un mouvement d'oscillation tel que dans les filets les valises et les sacs dansaient; aux descentes, un mouvement plongeant jetait le train au fond d'un abîme pour le relever dans une ascension tressautante, le lancer à travers les tissus arachnéens d'un bois, vers les hauteurs d'un coteau. Sa vie semblait fuir avec la fuite des roues, viser quelque but obscur, quelque trou noir où tout tomberait, et un imbécile espoir de ne point arriver, de rouler toujours ainsi dans l'engourdissement d'une vitesse sans cesse accélérée, endormait sa pensée, l'empêchait de distinguer les contingences proches, l'obligation de vouloir qui était au bout de ce voyage : ses yeux fouilleurs de nuit buvaient les ondes mortes qui versaient à son âme l'oubli des fatalités. Pourtant, rapide, sous quelque lueur aérienne d'étoile, elle vit passer dans l'ombre, dans l'encadrement joli de ses pelouses et de ses arbres, la façade d'un manoir endormi qui ressemblait à la Vénerie. Et le château lui réapparut tel qu'à l'heure où elle l'avait quitté le matin, en plein soleil, sous la gaieté bleue et claire du ciel ; un presque fou rire de gamine fronça ses lèvres à la pensée de la « tête » que devait faire Jean.

— Il ne doit plus rien y comprendre du tout, dit-elle, pauvre garçon!

Et un peu de mépris se glissa en elle de ce qu'il ne *savait* pas.

Consultant son livret, elle s'aperçut

qu'on arrivait sur Paris ; sa pensée fila devant, vers la gare où son père, prévenu par une dépêche, devait l'attendre.

Il lui semblait maintenant reconnaître les approches de la ville, elle imaginait distinguer des coins de pays déjà vus. Des plans s'établirent, bossués de bâtisses, tous ces épars de maisons essaimées au loin par la grande cité et des lignes de feu s'étendirent, parurent se refléter dans le ciel dégagé par la bourrasque où de fébriles feux d'étoiles vibraient.

— Tiens ! la tour Eiffel, dit une voix à côté d'elle ; et elle vit le couple qui, éveillé, avait changé de place, regardait aussi, le nez contre la vitre.

Comme une étoile au milieu de la nuit, l'étincelle brillante du phare virait au-dessus des feux de la ville, dans cette atmosphère blême à la pâleur lumineuse dont l'arc au loin couvre Paris. Le couple maintenant s'agitait, l'homme, avec un « pardon, Madame », détachait le rideau de la lampe et une clarté d'arrivée, de sécurité, tomba sur les capitonnages gris du compartiment, pendant que les roues, avec de grands battements sonores, trépidaient sur les plaques tournantes.

Dehors, encapuchonnés de réflecteurs, les feux blancs des électrophores faisaient du jour, un jour immobile et froid d'autre monde. L'express traversait les garages où dorment les trains de marchandises ; l'œil de Jeanne perçut de longues files de wagons à claire-voie où des bêtes dressaient sur leurs fanons mous leurs têtes mornes, meuglant après la campagne, l'étable quittée, les yeux ternis d'une vision peut-être de mort prochaine ; il brûlait des haltes de banlieue aux noms coquets, célèbres de

fêtes villageoises, crevait des rues, passant dans l'intimité des maisons, à la hauteur du quatrième étage, sur des cours où par les fenêtres ouvertes on voyait vivre des gens, des coudes s'attarder sur des tables mises.

— Nous sommes en retard de deux heures, dit l'homme en regardant sa montre pendant que la femme piquait son chapeau d'épingles. Elle demeura une main en l'air, un peu endormie.

— Est-ce que nous trouverons une voiture, dis ?

Mme de Vienne se demanda si son père l'attendait.

— Oh ! s'il n'avait rien à faire, il sera venu, pensa-t-elle.

De nouveau le train battit sur les plaques sonores puis, étirant en secousses saccadées ses longues vertèbres, s'arrêta graduellement sous la grande cage de verre, pleine de bruits et d'échos, de la gare.

Le couple empêtré dans ses paquets multiples s'affolait, se précipitait vers la portière. Jeanne, d'un signe, appela un homme d'équipe, désigna dans les filets son nécessaire et sa valise, et elle sauta sur le quai, suivit le flot qui se pressait vers la sortie.

— Te voilà enfin ! il y a près de deux heures que je suis là. Et elle vit tout près d'elle la barbe grise et carrée, les yeux impérieux et las du marquis de Royans.

— Donne ton bulletin à Joseph.

Il prit le bras de Mme de Vienne, l'emmena, la fit monter dans la voiture de cercle qui attendait, rangée au fond de la cour. Le coupé fila le long du quai pendant que son père lui expliquait comment il avait reçu sa dépêche au club où il dînait. Continuant un peu plus qu'il n'était nécessaire l'inutilité de son bavardage il tâchait ainsi de la distraire, l'étudiant du coin de l'œil pour voir si elle laisserait échapper le secret de son arrivée brusque. Elle demeurait silencieuse, dans l'ombre de la voiture, suivant des yeux la fuite des arbres, démêlant les monuments un à un surgis dans la brume de la nuit : Notre-Dame sombre, étageant ses tours, arquant ses contreforts, puis la longue ligne du Louvre. Tout d'un coup, dans un demi-silence de son père, elle pressentit une interrogation, voulut le faire dévier par une autre.

— Comment se fait-il que vous soyez encore à Paris? Il ne doit plus y avoir personne au club.

— Aussi je vais partir pour Veules, y passer un mois, avant de m'installer à Lyons.

— Veules?

— C'est un petit coin de bains de mer de Normandie, pas très cher, et où on est chez soi. Pâris m'a ordonné d'aller au moins un mois au bord de la mer, il dit que j'ai besoin d'être remonté et que l'air de Lyons est débilitant l'été.

— Alors nous ne nous verrons pas de sitôt.

— Mais j'ai loué une villa où il y a des masses de chambres. Si vous voulez venir avec moi, je vous hébergerai. Pourquoi ne viendrais-tu pas? cela te ferait du bien et tu me ferais plaisir.

— Mais je veux bien, nous verrons ça.

— Et puis je suis resté ici pour le mariage La Tour de Boulogne. Arthus m'en avait tant prié. Mais je ne me suis pas gêné pour lui dire ma façon de penser : c'est une infamie.

— Pourquoi donc?

— Comment pourquoi? Une Boulogne, une maison qui a des alliances avec toutes les familles royales de l'Europe, et elle va épouser un Lemercier parce qu'il est riche !

Jeanne hasarda:

— Est-ce que le mariage a été beau?

— Aussi beau que la foire de Neuilly. Il y avait des gens! Je ne sais pas d'où ils pouvaient sortir. Tu as vu la liste des cadeaux. Trois colonnes de journal !

— Et vous, papa, qu'est-ce que vous avez donné?

— Une couronne en perles; la comtesse Le Mercier de la Mercerie. J'ai trouvé ça si drôle que je n'ai pas pu résister aux plaisirs de l'épigramme.

— Si vous croyez qu'elle a pris ça pour un épigramme.

— C'est vrai. Les jeunes filles de ce temps ne comprennent plus ces choses-là.

Jeanne comprit l'allusion, devina la rancune toujours présente de son père, le regret de son mariage avec Jean, cette mésalliance avec des hobereaux de mince noblesse: « Les de Vienne-Autriche », comme il les appelait. Elle sentait que le marquis la regardait de côté, se taisait gênée.

Maintenant la voiture coupait au grand trot la place Louis XV papillotante de gaz. Au fond, la rue Royale était toute blanche sous les nappes de lumière électrique et, du côté de l'avenue Gabriel, les triangles de feu des cafés-concerts pétillaient. Elle devina la question formulée dans l'esprit de son père, prête à surgir, et, en même temps, elle entendit une voix un peu railleuse, très calme demander:

— Tu t'es donc disputée avec Jean? Qu'est-ce qu'il y a?

— Mais pas du tout, pourquoi pensez-vous cela?

— C'est que je te vois arriver toute seule avec l'air d'un poulain qui n'a pas ses aplombs...

— Je vous assure que non. C'est Jean qui m'a priée de venir pour une affaire. Je vous expliquerai...

— Tu n'as besoin de rien m'expliquer du tout. Je n'ai pas l'intention de me mêler de tes affaires. Seulement je te ferai remarquer que si tu m'avais écouté, tu aurais pu faire un autre mariage. Jean est très gentil, c'est un très agréable voisin de campagne, mais ce n'était pas un mari pour Mlle de Royans.

Des larmes montèrent aux yeux de Jeanne qui lui demanda avec un frémissement de colère sur les lèvres :

— Et pourquoi donc ?

— Parce que... Enfin je ne veux pas te dire des choses désagréables. — Es-tu pour longtemps à Paris ?

— Je ne sais, deux ou trois jours; peut-être plus.

— Le temps de le voir arriver, dit le Marquis entre ses dents... Eh bien, je ne suis pas fâché de te faire connaître Paris à cette époque. C'est le premier été que j'y passe, tu verras, c'est charmant. On fait ce qu'on veut, je me promène en chapeau rond toute la journée.

Rue de Marignan la voiture s'arrêta devant une porte cochère défendue par une rangée de concierges, assis au frais sur des chaises.

Au fond de la cour, un petit hôtel en briques sombres encagé par les cinq étages de la maison, dormait, la façade éclairée d'une lanterne allumée sous la marquise. Vivement, jeunement, le père et la fille gravirent les marches du perron, traversèrent le vestibule où des têtes de cerfs et de sangliers alternaient,

montèrent l'escalier. Jeanne s'arrêta, interrogea, moitié railleuse, moitié timide :

— Est-ce que j'ai toujours ma chambre ?

— Mais oui. Tu ne seras peut-être pas si bien qu'à la Vénerie. Tu sais, c'est un peu comme dans l'ancien temps ici.

— Oh! papa! Je serai toujours bien, voyons !

— Eh bien, bonsoir alors. Tu as Rose. Si tu veux, nous irons faire un tour demain matin. Tu te lèves toujours de bonne heure, j'espère.

Sans quitter son air hautain, imperceptiblement satisfait toutefois de l'avoir sous son toit, à lui, il l'embrassa sur le front.

Elle entra dans sa chambre de jeune fille, assez maigrement meublée. En homme du vieux temps le marquis dédaignait l'extrême confort. Rose était déjà couchée. Mme de Vienne dut se déshabiller elle-même, organiser son coucher; et, tout d'un coup, elle s'avisa qu'elle avait faim; elle avait à peine dîné en route : « Il aurait bien pu me faire préparer un petit souper », pensa-t-elle. C'est Jean qui n'aurait pas oublié ça.

Et l'idée, drôle, de descendre, d'organiser elle-même l'en-cas oublié, traversa son esprit. D'un pied leste elle frôla les marches de l'escalier, une bougie à la main, fut dans la salle à manger, devant un buffet, et elle s'amusa comme une petite fille à recueillir les couverts, à choisir des assiettes, furetant partout, découvrant, tout heureuse, une terrine de foie gras entamée, plus loin un pain noël à la croûte givrée, tentante.

— Et à boire ? se demanda-t-elle.

Elle se rappela l'armoire où l'on serrait les vins, l'ouvrit et fut ravie en apercevant les casques d'or de demi-bouteille de Moet. Soigneusement elle mit son couvert, défit le fil de fer du bouchon, fit sauter son bruit gai dans le silence assoupi de l'hôtel.

Elle s'amusait infiniment.

Son pâté lui sembla délicieux et, aux premières gorgées du vin frémissant et blond, elle eut une ivresse en se souvenant de semblables repas, gentiment improvisés avec Jean en rentrant le soir. Mais aussitôt des larmes brusques montaient à sa gorge, l'éveillaient comme dans un songe... C'était elle qui était là, seule... devant cette bougie que l'ombre massive de la salle à manger étreignait.

Elle regarda tout d'un coup ce souper, cette bouteille défaite, en se demandant avec stupeur comment elle se trouvait là, comme elle avait mangé, bu, dans l'oubli total de sa personnalité vraie, mue par un autre être qui avait surgi à l'insu d'elle. Un son lent, d'une lenteur déchirante vibrait à son oreille, le sifflet d'un remorqueur sur la Seine, et Jeanne se souvint qu'elle l'avait entendu tout à l'heure : il finissait maintenant en inclinaisons d'ondes molles, mouillées, embuées de nuit et de loin.

Elle se demanda :

— Qu'est-ce que va dire papa demain en trouvant tout sens dessus dessous ici?

Sûrement il la prêcherait sur cette idée de manger la nuit : des idées à Jean, des idées de gens pas mariés. Elle serait grondée d'avoir ainsi violé les armoires... Et, soudain, cette idée endormie au fond de sa pensée s'éveilla : elle agissait là comme si elle était chez elle. Mais ce n'était pas son père chez qui elle se trouvait là; elle n'était pas chez elle dans cette maison ? La tendresse hargneuse, personnelle du vieux gentilhomme revint à son esprit, avec le désespéré regret de tout ce qu'elle avait perdu depuis quelques jours.

— Pauvre papa qui n'est plus mon papa, pensa-t-elle dans le langage enfantin où ses réflexions se formulaient. Alors je n'ai plus rien au monde!

En ce monologue haché de sa pensée toutes les touches de son esprit vibraient à la fois et elle s'interrompit, se dit :

— Si, il y a pourtant quelqu'un au monde qui m'aime, qui est à moi, après tout.

C'était parce qu'elle l'avait voulu qu'elle se trouvait loin de Jean, dans cette maison étrangère.

— Jean, mon pauvre petit Jean! que doit-il penser de moi à cette heure!

Et des larmes chaudes, lourdes, des larmes d'enfant débordèrent de ses cils, tombèrent en rosée amère sur la table où elle s'accoudait.

II

Quand au matin Rose l'éveilla, elle fut confuse d'avoir si bien dormi.

— C'est une dépêche, madame! Mais comment se fait-il que Monsieur ne m'ait pas prévenue? Je vous aurais attendue hier au soir. Vous allez bien, Madame?

D'un coup de doigt elle rompait l'enveloppe bleue, parcourait la dépêche :

« Madame de Vienne, chez Marquis Royans, 19, rue Marignan.

« Envoyez nouvelles marquis, dois-je venir, lettre suit.

« JEAN. »

— C'est bien de lui, pensa-t-elle, il a tenu avant tout à expliquer dans le pays. Il ne viendra que quand je voudrai bien.

Et elle fut un peu triomphante d'avoir si bien prévu son mari.

Mais maintenant il lui fallait subir les soins et les questions de la vieille Rose, tout attendrie de la revoir.

— Et M. Jean, pourquoi qu'il n'est pas venu avec vous ? Vous n'êtes pas fâchés, au moins.

— Oh ! non.

— C'est que ça arrive quelquefois dans les jeunes ménages, mais ça passe vite, allez, quand on s'aime comme vous vous aimez tous les deux.

Et pendant que la vieille servante, tout en l'habillant, bavardait, Jeanne eut une montée de colère silencieuse, un de ces furieux emportements intérieurs que les dents contiennent, mordent.

— Ainsi aux autres cela leur paraissait une chose plaisante et futile, cette querelle d'amoureux soupçonnée !

Elle répéta en dedans avec une ironie farouche :

— Tous ces imbéciles qui rient ! Si je leur disais. Vous ne savez pas : eh bien ! j'ai épousé mon frère, quelles têtes ils feraient !

Dans la glace, pendant que Rose par derrière serrait les lacets d'un jupon, elle regarda sa figure pâle, aux lèvres scellées, cette face qui savait un secret.

Elle fut vite dehors, montant l'avenue des Champs-Élysées sous un de ces magnifiques soleils du Paris d'été, un soleil roulant comme une onde jaune dans toute l'immense avenue et elle se hâta vers le couvent où elle savait qu'à cette heure elle trouverait le Père.

Les murs vernis du parloir vitré, d'une propreté luisante et nue, ruisselaient d'une lumière qui se massait sur la robe blanche aux plis laineux du dominicain. Et l'on sentait que cette atmosphère était froide, impassionnelle, que les secrets, les paroles humaines devaient glisser sur le vernis de ces murs.

— Bonjour, ma chère enfant, heureux de vous revoir. Eh bien, et ce cher ami, et ce ménage ? Mais j'y songe ! Il ne vous est rien arrivé. Je m'étonne de vous voir à Paris à cette époque.

Jeanne dédaigna la petite lâcheté des conversations préliminaires, dilatoires. Tout de suite, elle fut au but.

— Mon père, je voudrais que vous m'entendiez en confession, j'ai quelque chose de très grave à vous dire.

Les lèvres rasées du moine se plissèrent avec inquiétude. D'un mouvement familier, il tirailla ses manches, et se levant il dit d'un ton changé, bas et solennel.

— Soit, ma fille. Allons dans la chapelle, je vais vous entendre.

La petite cour était pleine de fleurs, odorante à traverser, ils furent bientôt dans l'ombre fraîche de l'oratoire. Jeanne s'agenouilla dans la logette du confessionnal, énuméra lentement les prières qui précédent l'aveu de pénitence.

— Eh bien, ma fille, je vous écoute, dit le père. Car au moment de parler, de livrer son secret, une révolte murait sa bouche.

— Mon père, j'aime mon mari et mon mari m'aime. Nous sommes mariés depuis dix mois, depuis dix mois chaque jour a été pour moi un jour de bonheur. Eh bien, je crois, je crois avec désespoir, mais avec une presque certitude, que nous ne devons plus vivre ensemble désormais, que nous ne le pouvons plus.

— Ma fille, avant toute autre chose, je vous recommande le calme. Souvenez-vous qu'un des plus grands artifices du démon consiste souvent à nous exagérer des fautes ou des cas de conscience pour nous dominer plus facilement.

— Vous allez en juger, mon père.

Et ici encore, les paroles hésitèrent sur ces lèvres ; puis elle se décida, parla brusquement:

— Je viens de découvrir d'une façon absolue, certaine, que je suis la sœur de mon mari.

— Comment ! s'écria le Père.

Et Jeanne dit douloureusement:

— Son père est mon père !

Dans l'atmosphère calme et bleue de la chapelle, sous les feutrures sourdes du confessionnal, les paroles terribles s'éteignirent.

Un long silence domina le prêtre et la femme. Aux tempes du moine des rides vibrèrent, légères, décelant la tension de sa pensée.

— Dites-moi tous les faits, mon enfant, comment vous avez été amenée à pénétrer ce grand et terrible secret. Et d'abord êtes-vous bien sûre de ce que vous avancez ? Les prestiges de l'esprit du mal s'appliquent à profaner nos affections les plus saintes. Ayez confiance, avec l'aide de Notre-Seigneur j'arriverai à démêler la vérité. Parlez, dites-moi tout.

— Je voudrais tant douter moi-même.

Elle dit les premiers jours de son retour à la Vénerie, la joie de retrouver le cadre de son enfance. Puis l'obsession étrange du bois de pins envoyant vers elle, par de mystérieuses énergies, l'appel, l'éveil des fatalités sourdes. Et la faute maternelle surgie du fond des vieux tiroirs, précisée à travers les fantasmagories du paradisiaque pavillon. Elle avoua la terreur, l'horreur de ses nuits, de sa couche partagée avec cette chair qu'elle sentait, à mesure que ses soupçons s'appesantissaient, devenir fraternelle, défendue ; elle confessa son regret éperdu de l'amour, sa fuite pour échapper à elle-même.

— Et maintenant, mon père, voici ma situation : sous un prétexte qui n'en est pas un, je suis partie subitement, sans prévenir mon mari. Mais demain, après-demain, il va me chercher, il peut m'ordonner de revenir, enfin il ne peut se passer plus d'une semaine sans que nous nous retrouvions ensemble ; et alors que ferais-je ?

Le Père réfléchissait le front dans sa main, le coude appuyé sur la petite planchette du confessionnal ; à travers le grillage de bois, il voyait le tabernacle s'éclairer sous les raies de soleil versées par les vitraux, se fondre en un brouillard d'or. Il entendait le pas étouffé du frère préparant l'autel pour une messe ; au dehors les piits multiples des moineaux sautant dans les arbres du jardin, et, au sein de cette paix, sentait une pitié profonde l'étreindre pour cette âme infiniment troublée.

— Ma chère fille, ce que vous m'apprenez me pénètre de douleur et je vous avoue que mon humble science d'ecclésiastique hésite devant la gravité du problème. Mais en premier lieu, ma chère enfant, je dois vous faire une question à laquelle il faut que vous me répondiez en toute sincérité : vous aimez votre mari ?

— Oui, mon père, de toute mon âme.

— Bien. Mais cette affection, j'insiste, est bien celle d'une épouse ! C'est sans répugnance que vous acceptez les obligations du mariage ?

— Oui, mon père.

— Eh bien, ma chère fille, la question est trop grave, trop imprévue pour que je puisse y répondre sur-le-champ, j'y réfléchirai dans la prière et dans la méditation. J'étudierai les casuistes, je consulterai les autorités nécessaires.

Il s'arrêta, réfléchit encore :

— Évidemment, non; la solution d'une question aussi grave excède les pouvoirs d'un simple prêtre; je ne dois pas, je ne puis pas vous répondre. Revenez d'ici trois ou quatre jours, alors peut-être je pourrai...

— Et si mon mari arrive d'ici là ! s'écria-t-elle.

Violemment, impétueusement, sentant que son dernier espoir s'en allait devant cette défaillance, cette hésitation significative du religieux, elle tenta de discuter :

— Mais enfin, mon père, la religion nous enseigne que nous sommes tous fils d'Adam et d'Ève ; les mariages entre frères et sœurs étaient donc permis à cette époque ; ce n'est donc pas là un péché absolu ? Et puis, est-ce ma faute à moi si j'étais ignorante du fait qui doit nous séparer ? Le sacrement du mariage n'est-il pas plus puissant qu'un usage, qu'une défense établie par les mœurs ? D'ailleurs, sous quel prétexte irais-je rompre avec mon mari... car c'est une séparation qui s'impose ! irais-je révéler la faute de ma mère, la déshonorer publiquement, moi, sa fille ?

Avec le tact suprême du confesseur, le Père sentit la révolte, voulut jeter un peu d'espoir dans le trouble de cette âme.

— Attendez, ma fille, et ne désespérez pas de la bonté du Père éternel. Si votre mari vient vous rejoindre à Paris, trouvez pendant quelques jours, par une petite ruse de jeune femme, un moyen de l'éloigner de vous sans le froisser. Pendant ce temps, nous nous empioierons avec le plus grand zèle à établir bien nettement votre situation au point de vue religieux. Il est possible que la puissance du sacrement de mariage soit en effet considérée par l'Église comme supérieure aux prohibitions résultant de la proximité : peut-être pourrait-on obtenir, par une extrême faveur, une dispense de première consanguinité ? Soyez assurée, pauvre chère enfant, que ce n'est pas sans un dessein d'infinie miséricorde que le Seigneur vous a imposé cette lourde épreuve et qu'avec elle il vous aura accordé la grâce et les forces nécessaires pour la bien supporter.

Remuant doucement les lèvres, il murmura une courte prière, la droite levée d'un geste lent d'onction calme et, brusquement, il fit claquer le volet de bois contre le grillage du confessionnal.

Prête à partir, agenouillée sur un prie-Dieu dans la chapelle silencieuse, elle sentit contre ses jupes le frôlement de la robe du Père. Il lui souriait, debout devant elle, et, comme s'il n'eût rien su, comme si ce fût à un autre qu'elle se fût confiée :

— Monsieur votre père va toujours bien ? demanda-t-il, vous lui présenterez mes respects.

En sortant du couvent elle se souvint que le marquis lui avait donné rendez-vous pour ce matin, et, descendant l'avenue Victor-Hugo, elle s'orienta un moment devant le pâtissier Gagé.

— Il doit être aux Pannés, pensa-t-elle.

Elle tourna dans l'avenue du Bois à l'endroit où des rangées de chaises s'alignent pour les philosophes ou les déshérités qui se satisfont à regarder passer les voitures des autres. En ce commencement d'août, le « Cercle » était presque désert, à peine quelques rôdeurs mélancoliques retenus à Paris par la pénurie; des silhouettes longues, échassières du clubmans honoraires arpentant le gravier, guettant les notoriétés à saluer.

Mme de Vienne, un moment, chercha son père des yeux, fit quelques pas dans la large avenue barrée au loin par la masse bleuâtre, légère du Mont-Valérien. Chacun de ces endroits lui était familier, lui rappelait des souvenirs de sa vie de jeune fille; elle se plut à marcher seule, à se sentir regardée.

— Tiens, voilà papa avec Vardes et Candale. Comme il a l'air jeune.

M. de Royans s'avançait en complet gris, le chapeau de paille un peu en arrière, l'air ouvert et superbement gai. Il dit en l'abordant, d'un ton de triomphe:

— Voilà ma fille! Et son regard l'enveloppa, flatté de la trouver jolie et bien mise; pendant que MM. de Vardes et de Candale saluaient familièrement la jeune femme.

Ils firent quelques pas tous quatre et Jeanne remarqua en souriant:

— Comment se fait-il que je vous trouve tous les trois à Paris, en plein mois d'août. Il doit y avoir quelque chose là-dessous.

Gaiement, M. de Candale dit en prenant le bras du marquis :

— Une chose bien simple, madame Jeanne. Nous sommes restés à Paris pour pouvoir mener une existence déréglée, tout simplement. Demandez à votre père.

Vardes lança :

— Et même, madame, nous étions en train de proposer à Louis de vous la faire partager, cette existence; n'est-ce pas, Louis?

— Oui, ils veulent que nous allions dîner demain soir chez Laurent tous les quatre; ça te va-t-il, Jeanne?

— Très bien, comme vous voudrez, mais si on ne vous reconnaît pas, papa, vous allez me compromettre horriblement.

— Et, après, comme c'est demain samedi, nous irons au cirque voir les oies en liberté d'Auguste, et si M. de Vienne se plaint, nous lui montrerons nos barbes grises, à cette jeune moustache. Au fait, il va bien, le mari, mam'zelle Jeanne?

Ils accompagnèrent le père et la fille jusqu'au rond-point de l'Étoile, en gens heureux de trouver une façon nouvelle de tuer le temps, ravis comme des collégiens à la pensée de dîner le lendemain autre part qu'au cercle ou chez eux.

— Tu sors? dit le marquis à la fin du déjeuner.

— Oui, je vais faire quelques courses.

— Et Jean? demanda-t-il avec son air narquois.

Un coup sourd et mat, un coup ouaté de tortureur habile la frappait chaque fois qu'on éveillait en elle le souvenir de son mari. Pourtant elle dit d'un air tranquille :

— Il va bien; j'ai eu une dépêche de lui ce matin.

Il y eut entre eux deux un court silence, un de ces abîmes où tombent les irréconciliables rancœurs familiales ; puis M. de Royans reprit d'un ton léger :

— Eh bien, je te retrouverai ici à sept heures.

Toute la journée, tout le lendemain elle roula dans le bruit de Paris, endormant sa pensée dans le mouvement, la fièvre bigarrée des grands magasins, Louvre, Bon Marché, Printemps. Le plaisir d'acheter, la joie de circuler seule, maîtresse d'elle-même, la distrayaient, éparpillaient sa pensée et ses douleurs.

Au moment où elle descendait de voiture avec son père devant la porte du restaurant Laurent, les deux hommes arrivaient par une contre-allée. Eux aussi étaient rajeunis, pimpants en leurs pardessus clairs découvrant la cravate blanche. Ils la saluèrent, affectant la cordialité familière et brusque des hommes d'aujourd'hui avec les femmes qu'ils connaissent beaucoup.

C'était un de ces jolis soirs du Paris d'été que dorent les reflets du couchant, le magnifique ciel en orfroi, tendu derrière l'arc triomphal de l'Étoile. Sous les arbres touffus de l'avenue Gabriel, l'ombre déjà tombait légère et des feux s'allumaient aux fenêtres du restaurant.

Avec cette solennité particulière aux cabarets de haute vie, le maître d'hôtel les installait dans la serre : un jour blanc de vitre y tombait, donnant une teinte neutre aux choses, les baignant d'une atmosphère pâle et froide. Très peu de monde : à l'autre bout de la galerie, une table où deux hommes dînaient, des bouteilles coiffées d'or devant eux dans des seaux argentés. On apercevait de profil leurs faces aux carnations de foie gras, leurs barbes luisantes s'éventaillant de chaque côté du menton ; sur la même rangée, un couple aux allures lasses de vieux ménage qui s'est tout dit, la femme habillée lâchement, économiquement, avec des décels cependant d'irrégulière. Jeanne entendit Vardes souffler bas à Candale :

— Tiens : Soinard avec son collage. Elle est bien décatie la pauvre Laurence.

Mais la difficile question du menu préoccupait les deux hommes, leur faisait présenter la carte à Mme de Vienne avec des interrogations suppliantes pour la prier de décider quelque chose. A la fin ils se soumirent au maître d'hôtel, acceptèrent ses ordres.

Au dehors, devant le restaurant, les tables étalaient leur demi-cercle blanc jusqu'à la pelouse et le petit cirque allumait ses réverbères : une certaine tristesse descendait sur tout le jardin avec le soir, et de la vasque en pleurs une plainte lente tombait, était dans ce moment de calme entre l'agitation du jour et les joies du soir, une voix de nature s'élevant avec la tristesse infinie et douce de toutes les choses de nature.

Jeanne encore étourdie un peu du fracas de Paris s'éveilla de son rêve, brusquement mêlée à la conversation des trois hommes.

— Mais vous en aviez un, Madame.

— Un quoi ?

— Un de ces fox terriers dont parle Louis.

— Ah ! oui, mon pauvre Fane, il est mort l'année dernière.

M. de Royans continuait, affirmait :

— Oui, Jeanne en avait un et c'était

un des deux ou trois seuls vraiment purs qui soient en France.

— Alors le mien n'est pas pur ?

— Mon bon ami, je ne veux pas vous dire des choses désagréables, mais en Angleterre on n'en offrirait pas cent sous de votre chien.

— Enfin, je veux bien ; pourtant s'ils lui ont donné le premier prix à l'exposition canine…

— Je crois bien, il y en avait un, un vrai à M. Tierry, — tiens c'était la tante de ton chien, Jeanne, — ils l'ont mis de côté parce qu'ils ne savaient pas ce que c'était : il a le corps tout blanc et les taches foie, ils ont cru que c'était un chien ladre.

— Qu'est-ce que c'est que ça des taches foie ?

— Mon cher ami, voilà comment nous nous y connaissons en France ? et pourtant vous aimez les chiens, vous savez ce que c'est qu'un chien, vous ! et bien, mon cher, un vrai fox terrier doit être marqué également du côté des oreilles et de la tête, les taches doivent être *foie*, c'est-à-dire jaune-paille, la denture très mordante ; il ne doit avoir que deux choses noires, le nez et les yeux. Le vôtre a les taches bien placées, mais elles sont noires…

Le couple au fond intéressait les regards de Jeanne. Un prestidigitateur, debout devant leur table, maniait des cartes, gesticulait avec une courte baguette tirée de la manche, faisait fondre des pièces de monnaie dans ses paumes, et la femme, les yeux agrandis, aspirait ses paroles, dominée par le surnaturel, ce mystère du bateleur symbolisé dans la lame du tarot : celui qui a la domination sur le visible et l'invisible.

Qui pourrait lui dire sa bonne aventure à elle ?

Une lune fine montait vaporeusement dans les arbres, presque noyée encore dans la tendresse gris-perle de l'azur mourant et M. de Candale dit à Jeanne :

— Ah ! je vous y prends, Madame, à rêver à la lune. Le fait est que nous devons bien vous ennuyer avec nos conversations de chiens.

Vardes demanda avec un sourire :

— Faut-il citer le proverbe anglais ?

— Quel proverbe ?

— Vous ne le connaissez pas ? il est bien joli : *Je regarde la lune, la lune me regarde, la lune regarde quelqu'un que je voudrais bien voir.*

Les trois hommes rirent discrètement, pendant qu'une douleur pinçante tordait le cœur de la jeune femme comme entre deux doigts d'acier cruel.

Après la truite de rivière, la selle d'agneau présentée majestueusement à Mᵐᵉ de Vienne, découpée un peu plus loin sur une table. Et le sommelier tenant respectueusement une bouteille intervint, remplit les verres. La chaleur du repas activait le sang riche et calme de ces campagnards de Paris, habitués à bien vivre, sans fatigues et sans excès, les nerfs normaux, réglés par les exercices au grand air, et leur causerie montait fouettée par les intolérances du marquis, tranchant sur tout, impérieux dans les moindres choses, imposant son opinion.

Jeanne, endormie un peu dans sa douleur, s'éveilla aux éclats de la voix de son père.

— Vous aurez beau dire, mon cher Alexandre, c'est une infamie ! — Oui, je sais bien, vous vous appelez Alexandre comme le fils de Philippe, ce n'est pas une raison pour être philippotard.

— Alors, dit Vardes, vous êtes républicain ?

— Moi !

— Vous n'êtes pas républicain ? vous êtes donc bonapartiste !

— Moi !

— Enfin si vous n'êtes ni orléaniste, ni bonapartiste, ni républicain, qu'est-ce que vous êtes alors ?

Le marquis hésita, balbutia, finit par dire :

— Je suis pour l'ordre, le respect des consciences.

— Moi aussi, seulement comme je crois que ce n'est pas la république qui nous donnera tout cela, j'aime mieux l'attendre du retour, que je crois possible, d'un roi légitime.

— Le comte de Paris, un roi légitime !

— Dame, à moins que ce ne soit Nauendorff ou Don Carlos.

— Et pourquoi pas Nauendorff ? dit Candale interrompant sa causerie avec Jeanne ; savez-vous bien que rien n'est moins certain que la mort de Louis XVII au Temple.

— Allons donc.

— Écoutez, j'ai rencontré une fois à La Haye le petit-fils de Nauendorff. Il servait dans l'armée hollandaise sous le nom d'Adalbert de Bourbon. Eh bien, il ressemblait si exactement à Louis XVI que, moi qui ne le connaissais pas, l'apercevant au milieu d'une foule, j'ai parié que c'était lui, et j'ai gagné.

— Qu'est-ce que ça prouve ?

— Que les d'Orléans sont trois fois des usurpateurs.

— Pour ce qu'ils usurpent !

— Allons, Louis, voulut conclure M. de Vardes, vous finirez comme Candale dans la peau d'un affreux républicain.

— Mon cher, je me crois d'assez bonne maison pour n'avoir pas besoin d'être royaliste.

Sitôt ce mot lancé, le marquis regretta sa méchanceté, car Vardes sentit l'allusion et parut vexé. De vieille famille bourgeoise il portait par substitution le nom d'une grand'mère ; M. de Royans le méprisait un peu à cause de cela.

Vive, tournante, coupée du claquement sec des chambrières, une valse sortait du petit cirque tout flambant de lumière. Les bouffées de rythme passaient en raffales dans la paix sombre du carré entourant la pelouse, avivaient d'une pointe de joie grossière la tristesse du jet d'eau faisant son bruit fin et stillant dans sa vasque verdâtre.

III

Du premier coup d'œil Jeanne, en rentrant, aperçut la lettre de Jean ; on l'avait posée en évidence sous la lueur d'une lampe. Elle reconnaissait sa large et régulière écriture si semblable à celle de son père.

Pourtant elle fut lâche, elle voulait dormir et d'un mouvement brusque elle plaqua sa voilette sur l'enveloppe, crut l'oublier.

Mais toute la nuit elle se souvint. La lettre était là, tout près, à portée de sa main ; malgré l'engourdissement du somme, une conscience partielle subsistait, s'imposait plus douloureuse en raison de l'inertie générale. Cela se perdait parfois dans des phases d'ombre, mais à chaque étape d'oubli l'idée se réveillait, s'affirmait comme par le jeu sournois d'un déclanchement mécanique.

A peine éveillée, ses yeux suivirent une piste longtemps parcourue, s'arrêtèrent sur la voilette dont le tulle chiffonné laissait passer le blanc du papier.

— Voyons, il faut lire cette lettre, dit-elle presque haut pour se donner du courage.

Ses ongles s'insinuèrent sous les plis de l'enveloppe trop gommée, la déchirèrent d'une contraction nerveuse, et, soulagée soudain, elle lut ce mot en tête : « Ma chérie. »

« Ma chérie. Avoue que si j'étais un mari sévère j'aurais le droit de me fâcher de la façon si extraordinaire dont tu abandonnes le toit conjugal. Qu'est-ce qu'il y a? Qu'est-ce que tu peux avoir à me reprocher? C'est ce que je me demande depuis hier avec tristesse, bien que depuis quelques jours déjà tes manières d'être avec moi aient pu m'étonner et m'affliger.

« Enfin tu es chez ton père; il est souffrant, me dis-tu; je veux le croire, mais tu aurais pu attendre mon retour de Montfort pour que nous partions ensemble, ou, du moins me demander de te rejoindre. Tu sais que j'aurais tout quitté pour te suivre. Au lieu de tout cela, rien. Trois lignes où tu me fais entendre plus ou moins clairement que j'aie à t'attendre à la Vénerie jusqu'à ce qu'il te plaise d'y revenir.

« Si soumis que je sois d'habitude aux consignes données par Jeannette, je ne puis observer religieusement celle-ci. Je veux te voir et savoir un peu de quoi je suis coupable; d'ailleurs (je dis ceci pour atténuer cette marque d'indiscipline), j'ai à causer avec notre agent de change au sujet d'un remploi d'obligations qui viennent d'être remboursées, — tes Ouest. — Donc attends-moi demain ou après-demain au plus tard et prépare-toi à être grondée bien fort par quelqu'un qui t'aime tendrement tout de même.

« JEAN. »

De toute cette lettre elle n'avait retenu que la phrase : « Attends-moi demain ou après-demain. » Il fallait que d'ici là elle eût pris une résolution, connu son devoir.

Et pour cela, elle devait voir le Père, lui tenir tête au besoin, car elle entendait bien défendre son bonheur.

Elle trouva le moine dans la chapelle, où son arrivée décidée, son costume alerte firent scandale. De vieilles et tristes femmes entouraient le confessionnal, agenouillées en des attitudes de prières espionnes, de recueillements agressifs. Jeanne attendit debout sous un divin rayon de soleil; des chuchotements précipités sonnaient contre le grillage en bois, sous le voile d'étamine verte. Tout d'un coup la porte s'ouvrit vivement, le religieux vint à Jeanne :

— Attendez-moi un instant, j'ai à vous parler.

Et il expédia vite son troupeau de banales pénitentes.

Assis, drapé dans sa robe, il commença de sa voix oratoire, avec un débit un peu solennel d'homme accoutumé à parler en public; une légère, inconsciente tendance aussi à s'écouter.

— Vous m'avez mis à une rude épreuve, ma fille; vous ne pouvez qu'imparfaitement comprendre l'affection sainte et profonde qu'un confesseur porte à ses pénitents; combien leur vie, dont il est pénétré, qu'il possède jusque dans ses secrets les plus intimes, est pour lui l'objet d'une constante sollicitude; sollicitude inquiète, qui le fait participer à toutes leurs douleurs, je dirais presque à toutes les passions qui peuvent les agiter.

Il continua, haussant ses regards :

— J'ai réfléchi, j'ai prié. Je puis dire que pendant les trois jours qui viennent de s'écouler, mon âme, en dehors des soins sacrés qui sont inséparables de mon caractère, a été uniquement occupée de vous devant Dieu.

Il fit une pause, et Jeanne prosternée dit d'une voix fiévreuse :

— Je vous remercie, mon père, je sais toutes vos bontés pour moi. Eh bien, dites-moi vite ce qu'il y a à faire. Y a-t-il un espoir pour moi ?

— Hélas ! mon enfant, vous me parlez d'espoir. Il faudrait me demander où est votre devoir.

— Mais, mon père, mon mari arrive demain. Oui, c'est bien mon devoir qu'il faut que vous m'indiquiez ; il vient demain, vous ne comprenez pas, vous, tout ce que cela veut dire pour moi.

Un sourire fin, presque sceptique, plissa les lèvres du moine.

— Si, ma fille, je comprends. Les devoirs de mon ministère en m'obligeant à me mêler à l'humanité, m'initient tous les jours à ce qui fait en même temps sa faiblesse et sa grandeur. Eh bien, ma pauvre chère enfant, votre devoir, je vais vous le dire : il est avant tout dans le silence.

— Le silence ?

— Oui, le silence. Vous devez, ma fille, et ceci est ma première, ma plus grave recommandation, garder le plus profond silence. Ne révélez à votre époux, ni à qui que ce soit au monde, rien de ce douloureux secret. Ceci, du reste, vous l'avez déjà compris, chère enfant, avec votre tact et votre intelligence. Votre foi de chrétienne vous a fait pressentir votre devoir, mais vous avez senti aussi que ce douloureux secret renfermé dans votre âme la rongeait et tout de suite vous avez songé au moyen qui s'imposait, à l'issue nécessaire : vous ouvrir à votre directeur.

— Alors, je ne dois rien dire, pas même à mon mari.

— Surtout à votre mari.

Elle hésita longtemps, très rouge.

— C'est que, mon père, vous ne pouvez pas comprendre...

— Si, je devine aisément le scrupule qui s'impose à votre esprit. Ma fille, c'est ici que la religion intervient avec sa divine raison. Vous vous attendez, je le comprends, à ce que votre époux réclame de vous le devoir. Cela est naturel du moment que vous lui dissimulez tout. Eh bien, ce devoir vous devez le rendre.

— Quoi, mon père !

— Vous devez le rendre, affirma le religieux et il ajouta avec la brusquerie un peu mondaine dont il affectait de tempérer son onction habituelle. Mais, halte-là ; entendons-nous. Si vous devez le rendre, vous devez par contre ne le *demander jamais*. C'est ici qu'il vous faut faire appel à votre héroïsme chrétien, à votre vertu, à votre foi. Votre époux ignore l'inceste matériel qu'il commet en vous prodiguant les témoignages de sa tendresse, il n'est point coupable ; vous, consciente de votre acte, une obligation plus haute vous contraint à vous y soumettre, mais vous devez vous efforcer de n'y point participer. Il faudra, autant que possible, autant que possible, entendez-vous, car la miséricorde de Dieu et de son Eglise sont infinies, il faudra dominer vos sens, tenir en haut votre volonté

— Je vous comprends, dit-elle simplement.

Il ajouta avec une pitié profonde :

— Cette épreuve était digne de vous, de votre foi. Mais ayez confiance, je vous le répète ; l'Eglise, dans sa virginité toujours féconde, brûle d'un incomparable amour pour les enfants des hommes.

« Associée au Christ qui les lui confia, elle sauve tout ce qu'elle peut et tout ce qui se peut.

Elle demanda :

— Il y a donc une possibilité quelconque de régulariser cette affreuse situation ?

— Je ne veux pas vous donner un vain espoir, ni me prononcer définitivement sur une question aussi grave ; pourtant il s'agit ici de l'honneur, de l'avenir d'une famille, du bonheur d'époux chrétiens, d'un mariage consommé d'absolue bonne foi, et déjà, peut-être, fécond. Comment supposer que le Père commun de tous les fidèles n'usera pas ici du pouvoir de délier qu'il a reçu.

— Je ne veux pas qu'on nous sépare.

— Délier signifie aussi remettre, ma fille ; je sens en vous, je le constate avec douleur, un sentiment de révolte, de lutte. Humiliez-vous au contraire sous la main qui vous frappe, croyez à la miséricorde infinie de Dieu. Je vais faire des démarches à l'archevêché ; le vicaire général ou l'évêque lui-même seront consultés par moi. Oh! rassurez-vous. En pareille matière même, le secret de la confession est chose si inviolable et si sacré que je n'agirai que sous le sceau du plus rigoureux secret ; je serais même autorisé à ne livrer que des noms fictifs à l'autorité diocésaine qui demandera à Rome lumière, secours et prompte décision. Votre père est lié avec le cardinal Morland, n'est-ce pas ?

— Oui.

— Son influence pourra intervenir s'il le faut absolument. En attendant, n'oubliez pas mes recommandations. Le silence surtout, le silence absolu, vous entendez. Rendez à votre époux le devoir que vous lui devez, vivez avec lui dans un esprit d'affection chaste et haute, tâchez, autant que possible, que cette fraternité douloureusement révélée soit en esprit et en vérité la règle, momentanée du moins, de votre union. Je vous reverrai bientôt, ma fille, allez en paix.

Et le *lac* du châssis de bois claqua dans le silence de la chapelle.

En ouvrant la porte du couvent, elle se trouva dehors, dans la clarté. Un plein soleil la baignait des pieds à la tête, elle sentit que cette baignade lumineuse était intérieure aussi, qu'un grand fleuve de calme, de joie coulait dans son âme. Si profondément chrétienne, dans le sens haut, si compréhensive des miséricordes et des indulgences du vrai culte, elle se fût cependant raidie peut-être contre l'inexorable sévérité de règles intransigeantes. Elle s'y était attendue, avait redouté la dureté inflexible des lois religieuses, et voilà qu'au contraire elle sentait que l'Église était de son côté, complice pour lui conserver son bonheur : même elle en fut, par un sentiment inconscient d'intolérance, un peu scandalisée. Mais cela passait vite, se perdait dans la joie sincère de trouver sa foi d'accord, de se sentir protégée : l'Église était vraiment la mère secourable, aimable, la bonne mère qui tend les bras à ses enfants... Elle se rappela, — car un peu de puérilité se mêlait toujours au tumulte de ses réflexions, —

une image de première communion long-temps gardée dans un paroissien : un ange qui aide un enfant à traverser une passerelle étroite et tremblante. Elle se plut à croire qu'elle marchait accompagnée de l'être de bonté auquel sa vie était confiée.

Ses pensées aussi s'éclairaient de l'idée radieuse qu'elle verrait Jean bientôt, qu'elle pouvait le faire venir. Même le souvenir de la restriction imposée par le moine s'évanouissait dans sa joie, dans cette dominante : « qu'elle ne ferait plus de la peine à Jean ».

Dans le demi-sommeil précédant le réveil, elle sentait tinter les coups sourds d'un glas mat : une impression quasi physique d'inquiétude douloureuse, d'attente redoutée. Et cela flottait comme un nuage très vague dans le champ d'un ciel de rêve. En ce redoublement profond de somme qui précède parfois l'éveil complet, un coin d'intelligence demeurait vif, comme une plaie ouverte, vibrait toujours au souvenir de la réalité, était la seule cloche dans le pays mortuaire et noir, le seul appel de vie douloureuse tintant dans le silence profond de l'esprit. Elle savait, la dor-meuse, qu'elle souffrait, sans reconnaître la souffrance ni la nommer, dans la conscience émoussée de son moi. Et par moments les torrents noirs du juvénile sommeil entraînaient, noyaient ce *moi*... Une porte s'ouvrait, une voix brisait les liens enveloppants et Jeanne entendait la vieille Rose dire :

— Madame, vous savez que M. Jean va arriver tout à l'heure.

Elle reconnaissait l'inquiétude somnolente, la nommait : Jean allait arriver ; la joie de l'avant-veille se modifiait en une sorte de détresse : la terreur de l'immédiat. A la pensée que Jean allait arriver, elle se sentait peureuse comme une petite fille qui a mal fait.

Et de nouveau le sommeil, le profond sommeil l'engourdissait, les ondes noires du dormir se versaient dans son cerveau, le noyaient...

Un bruit inhabituel l'intéressait soudain. C'était, sous le vestibule, répercuté dans la cage sonore de l'escalier, le frappement violent d'une porte. Puis une rapidité tumultueuse de pas sur les marches et le jet d'un corps contre sa porte, l'irruption brusque, impétueuse de Jean dans sa chambre. des baisers sur ses cheveux, sur ses joues, des bras qui l'étreignent...

QUATRIÈME PARTIE

Paroles du Calvaire.

I

Des nuages, des nuages qui glissent, filent, d'une vitesse de silencieux express sur le fond gris et mou du ciel marin. Le vent s'emporte, les pousse avec des souffles larges et les nuages glissent, filent comme de grosses toisons laineuses dans le ciel marin gris et mou. Ils s'étirent, s'épandent, s'éparsent dans un grand courant rapide de fleuve, et d'autres, plus lourds, traînent plus lents leurs ventres épais, pleins de vapeur d'eau, aux contours marginés de clairs blafards.

La mer, sous la terrasse où les époux s'accoudent, frappe, fouette le sable de coups sourds, inégaux, roulés, détirés largement au loin en sonorités longues, tristes. Des coups inutiles, têtus, qui s'éparpillent en traînées blanches. Elle fait sous la terrasse en pierre son bruit inconscient de grande bête.

A droite du chalet, dressé à mi-côte de la falaise, les derniers feux de Veules meurent; même les lumières du petit casino s'éteignent. C'est à peine si l'on entend par les routes la rentrée en bande des baigneurs dont les voix se haussent dans la nuit.

Et Jeanne, les deux bras appuyés sur la tablette du parapet :

— Les voilà qui reviennent du casino. Faut-il avoir envie de danser !

Les nuages, plus bas, volent à ras de la mer, comme de gros oiseaux lourds, emportant les pensées avec eux sous le ciel marin gris et mou, et, un à un, meurent les feux de Veules.

Jean fit peser son bras sur la taille inclinée de Jeanne, murmura tout bas dans son cou.

— Comme c'est bon, cette nuit, comme elle est rassurante, enveloppante, comme on se sent bien seuls, bien unis.

Jeanne, en ce moment, revivait l'horrible nuit de la Vénerie, et sa marche noire, suivie de fantômes dans l'opacité sinistre des pins.

Elle s'étonna, balbutia :

— Tu trouves ?

— Regarde comme ils courent, comme ils filent, ce glissement qu'il y a dans leur rapidité. Et puis c'est si bon ce noir, quand on pense que ta chambre, là derrière nous, est éclairée, est rose, tranquille et heureuse comme toi.

— Comme moi, pensa-t-elle en écho; et la galopade folle des nuées noires, sous le ciel marin gris et mou était pour elle une fuite de spectres dispersés par la rafale à travers les plaines rases. Ce n'était pas à sa chambre rose, tranquille, éclairée, heureuse, qu'elle songeait, elle, c'était au pavillon obscur à jamais fermé comme une tombe, où, à cette heure, il devait faire si noir, si étrangement noir.

— Qu'est-ce que tu as, ma petite chérie, tu as l'air tout triste?

Elle dit vivement, en se secouant pour réagir :

— Non, non, mon bon petit Jean.

— Ah! Jeannette, Jeannette, vous avez quelque chose que vous me cachez, Jeannette.

— Tu sais bien que non; qu'est-ce que tu veux que je te cache? Tu ne doutes pas de moi, je pense.

— Oh! Jeanne!

Le ciel, plus léger, plus fin, s'ouvrait, s'aérait vide des nuages chassés par la brise; l'horizon noir était profond, lointain et des lueurs indécises d'étoiles clignotèrent. Au loin, ils virent au-dessus des lignes montantes de la mer, les feux d'un paquebot en marche, presque immobiles dans la largeur déployée du ciel plus fin, plus léger.

— Allons, rentrons, tu aurais froid, et d'une pression de bras il l'emmenait doucement vers la chambre.

Jean la regardait aller et venir s'inutiliser par la pièce, elle s'attardait à des rangements menus de bibelots. Il mania entre ses doigts son porte-cigarettes, la suivant de l'œil sans en avoir l'air.

— Veux-tu me laisser fumer un peu ici avant d'aller me coucher? — il s'arrêta appuyant sur sa phrase : — puisque maintenant nous avons deux chambres.

Esquivant l'allusion ironique du reproche, elle dit vite :

— Mais je crois bien, fume tant que tu voudras.

Il demanda après un peu d'hésitation :

— Eh bien? tu as parlé à ton père?

— Oui, nous avons causé avant dîner.

— Je suis sûr qu'il ne veut pas, n'est-ce pas? C'était bien la peine de nous faire venir ici! Pendant ce temps-là on rentre les foins à la Vénerie et je n'y suis pas.

— Tu n'es pas bien ici? Il ne pense qu'à ses vilains foins.

— Non, mais nous serions aussi bien chez nous. Enfin qu'est-ce qu'il t'a dit?

— Tu sais les idées de papa : il dit que si quelqu'un devait relever le nom, il vaudrait mieux que ce fût un petit-fils. Elle s'interrompit, hésita; enfin un de nos enfants.

— Il a le temps d'attendre avec le système des deux chambres...

Elle s'assit près de lui, parla sérieusement.

— Non, comprends bien; au fond, je crois qu'il a raison. Il dit qu'il ne serait pas convenable pour toi de prendre son nom tant qu'il est vivant; que, d'un autre côté, maintenant avec leur république, ils accordent bien des transmissions de nom mais pas de titre : toi, c'est au titre que tu tiens surtout, n'est-ce pas?

Jean dit : oui, naïvement.

— Eh bien, voici ce qu'il te propose. Si tu veux, tu peux très bien avec nos influences obtenir un titre de marquis en cour de Rome; c'est une affaire de quelques milliers de francs. Plus tard, si nous avions un fils, il relèvera le nom de son grand-père. Ce sera tout naturel.

— Oui, en effet, ça me paraît assez faisable... C'est bien vrai, Jeanne, c'est pour ça que tu es venue à Paris, que tu m'as lâché comme ça sans crier gare ?

Il s'était approché d'elle, posait ses lèvres dans la fraîcheur soyeuse de sa

nuque, il la sentit frémir, les reins tout
d'un coup nerveusement cambrés :

— Allons, sois sage, dit-elle, Jean va
vite te coucher.

. . . .

Comme un nageur emporté, roulé
dans la rapidité torrentueuse d'un fleuve,
elle luttait pour se reprendre, dominée
par les paroles du moine; *tenir son
esprit en haut*, et les ondes larges, volup-
tueuses, l'entraînaient, la noyaient dans
une noyade éperdue et délicieuse, les
ondes de son jeune sang qui charriaient
les désirs, le besoin des joies, l'immense
et saine gaieté de se mêler à un autre
être, de se sentir donnée et de se perdre
et de s'épandre, et de se laisser aller,
rouler par le courant comme un nageur
emporté dans la rapidité torrentueuse
d'un fleuve...

. . . .

La joie du soleil était telle sur la mer
qu'à huit heures du matin les fenêtres
des villas de Veules, presque toutes
tapissées de roses, s'ouvrirent : un vent
léger, porteur de lumière, passait en
caresses et, d'une villa à l'autre, des
mots d'ordre se passèrent :

— La marée est haute à neuf heures
ce matin.

— Il faut aller de bonne heure à la
plage si on veut se baigner.

Jeanne et Jean au seuil de leur porte
apparurent, ils se sourirent dans la
clarté.

Une tiédeur coulait dans leurs membres, les baignait d'une mollesse si douce,
si ouatée, qu'il leur semblait se mouvoir
dans un voluptueux fluide : ils se sentaient
portés comme dans une nue, tant la
facilité, tant la langueur de leurs mouve-

ments était aérienne. Ce flot de soleil
qui les enveloppait d'une flambe vigoureuse, les enlevait, les assomptait dans
des couches toujours plus hautes d'azur
toujours plus candide. Ils étaient bien
les enfants de ce radieux matin; ils
étaient harmonieux aux tons bleus et
roses du ciel, à la tendresse velourée de
l'air, ils s'avançaient comme en une
gloire à travers les ruelles de Veules,
descendaient vers la plage appelés par
le rythme câlin de la mer.

En cinq minutes ils furent déshabillés,
sortirent de leurs cabines. Leur jolie
gracilité s'affirma pareille sous l'étoffe
de même nuance des deux costumes; ils
se regardèrent, se reconnurent. C'était
le même élancement fin et cambré du
corps, la même énergie élégante des
attitudes et même, dans le buste de la
jeune femme aux formes encore frêles,
un souvenir arrondi, adouci, des formes
nerveuses de son mari s'éveillait.
Comme le premier homme et la première femme dans le paradisiaque
jardin, entre les quatre fleuves, ils
apparaissaient se complétant l'un l'autre,
formant bien le tout adéquat, qui résume
l'humanité. Elle était comme le complé-
ment, comme la retouche attendrie des
lignes simples et pures de l'homme, elle
développait en grâce ce qu'il avait en
puissance, tous deux pétris de même
chair, frère et sœur dans l'union amoureuse, intime, dans l'innocence aurorale
des premiers jours du monde. La vague
blonde, pénétrée de lumière, les portait
tous deux dans la souplesse enveloppante
et molle de sa cadence, et ils se jouaient
dans sa force, se laissaient bercer dans
le balancement immense des flots.
Jeanne oubliait tout dans cette joie
présente, sans souvenir, sans remords

aucun des abandonnements de la nuit. Dans cette mer ou elle plongeait elle se sentait comme sur le sein énorme de quelque prodigieuse et divine Maternité : couchés sur la crête des lames, ils avançaient vers le large avec la sensation qu'ils s'éloignaient à jamais de la terre, qu'ils allaient se fondre ensemble dans grand gouffre bleu de l'horizon. C'était omme un départ dans l'azur.

II

† J. M. J.

« Paris, 19 Juillet.

« Ma chère fille en N. S.

« Il faut que vous appeliez à vous tout votre courage, toute votre énergie, toute votre foi pour supporter le coup dont je vais vous frapper. Il faut, moi-même, que je vous fasse, ma sœur, l'aveu de ma coupable imprudence, de la folle témérité avec laquelle j'ai cru pouvoir vous répondre. Ainsi la main de Dieu se plaît à humilier l'orgueil d'un religieux qui pensait avoir abjuré à jamais tous les orgueils, elle le flagelle, le fustige, lui montre le néant de cette science dont il croyait avoir saisi quelques bribes et qui lui échappe. Depuis deux jours, depuis que j'ai reçu la fatale sentence devant laquelle nous devons, vous et moi, courber la tête, je me prosterne aux pieds du Seigneur pour lui demander un miracle : que ce calice s'éloigne loin de vous, pauvre, chère et malheureuse enfant

« Cependant je dois vous communiquer la note que j'ai reçue d'une haute autorité ecclésiastique et qui décide souverainement.

« Que vous reste-t-il à faire ? je ne sais. Je ne sais plus, ma fille ; ma conscience hésite devant la cruauté de votre situation, je n'ose plus vous conseiller ; j'avais espéré, je l'avoue, une autre solution, une solution inspirée par la mansuétude et cette indulgence suprême qui est en Dieu. Toutefois n'oubliez jamais que si les jugements des hommes sont quelquefois inflexibles, la miséricorde de notre Sauveur a des trésors d'infinie bonté.

« Je voudrais bien vous voir.

« Je vous bénis et suis près de vous en Notre-Seigneur.

« Le père LAURENT DE SAINT-IGNACE »

Voici la copie de la note :

NOTE SUR UN CAS DE MARIAGE

Les empêchements au mariage sont d'une double sorte : dirimants, ils rendent le mariage nul ou invalide *indefinite* ; prohibitifs, ils rendent le mariage illicite, mais valable.

Dans le cas proposé, il y a empêchement dirimant, basé sur la consanguinité de deux époux, en réalité frère et sœur. Parenté en ligne collatérale l'empêchement est dirimant au premier degré.

1° Le mariage de droit naturel est-il annulé ? L'obex ne dirimerait-il ce mariage que de *droit ecclésiastique* seulement, *de jure ecclesiastico*? Est-il au contraire de *droit naturel, de jure naturæ*.

2° Le Souverain Pontife pourrait-il

accorder une dispense? Le fait-il pour des païens convertis au catholicisme?

Réponse. — 1 L'empêchement est de droit naturel; en l'espèce il n'y a pas mariage, malgré la bonne foi réciproque, *parce qu'il y a erreur dans la personne.*

La jeune femme dont il s'agit a cru épouser un étranger, elle a épousé son frère, le mariage *est nul.* De même pour le jeune homme.

La continuation de la vie commune constituerait un concubinage.

2° Il n'y a pas de précédent qu'un Souverain Pontife ait accordé une pareille dispense. Certes, il le *peut*, mais il ne *le fera* jamais.

Voir: *Ænnalia* de saint Alphonse de Liguori, annotés par Clément Marc, vol. II, *De Matrimonio.*

Ils rentraient animés par le plein air des falaises, les yeux en fête.

Jeanne décacheta la lettre.

Et d'un geste en arrière, insoucieux, elle la fourra en chiffon dans sa poche,

Jean demanda:

— Qu'est-ce que c'est?

— Rien, rien, une lettre du Père.

Elle dit timidement:

— Qu'est-ce que tu fais, maintenant? Je voudrais écrire quelques lettres.

— Je vais au Casino lire les journaux. Tu m'y rejoindras?

— C'est ça, dans une heure.

Seule, enfermée à clef dans sa chambre, elle relut la lettre, étudia la note théologique.

Elle était nette, catégorique. Jamais le pape n'accorderait une dispense semblable: il *pouvait*, mais il ne *ferait* pas.

Alors, furieusement, elle se raidit, et cette question désespérée revint sur ses lèvres: *Pourquoi elle?* Pourquoi sur elle cette aventure inouïe, unique?

— Qu'ai-je fait? qu'ai-je donc fait? demandait-elle en marchant par la chambre, tordant ses mains fines, douloureuses. Elle savait bien qu'elle n'avait rien fait, que tout son passé était pur, qu'elle était la victime des aveugles fatalités... et elle ne voulut plus croire. Debout contre la fenêtre, en face du ciel profond, immense, elle le regarda, le défia. Qui disait qu'il y avait autre chose que des nues et des nues encore derrière ce voile transparent qui laisse tout voir et ne montre rien? Qui l'avait peuplé de Dieux, d'intelligences, de volontés, ce grand ciel désert?... Elle savait bien qu'il y avait beaucoup d'hommes, des gens instruits, des savants — pas Jean ni son père, parce qu'ils étaient des gens comme il faut, eux! — mais bien des hommes, même du monde, qui ne croyaient pas, rejetaient tout culte.

— Si je lisais, pensa-t-elle, si je lisais Renan! Peut-être que je serais comme eux, et alors qu'est-ce qui m'empêcherait d'aimer Jean, puisque au fond ce n'est pas mal; que ce n'est pas nôtre faute?

De nouveau elle dressa sa tête, ouvrit ses yeux clairs dans la clarté du ciel:

— Quoi! ce n'est peut-être pas vrai tout ça et je vais perdre mon bonheur, le sien. Et si je ne puis plus l'aimer? il est jeune, il finira par aimer une autre femme

Elle vit Jean dans les bras de l'autre!

Furieuse, en une pose de déesse irritée, elle brava le ciel, le créa vide de tout l'effort exaspéré de sa volonté. Laissant pendre ses mains lentes, d'un geste d'ailes tombantes, elle tendit son buste et cria dans l'azur:

—Il n'y a rien, n'est-ce pas qu'il n'y a rien !

Mais, dominées un moment par l'énergie, ses idées pétries de catholicité, asservies par des siècles d'atavisme mystique, révoquèrent le doute. Ses yeux se détournèrent du ciel, se posèrent sur une statue de la Vierge, élancée dans un angle de la chambre; une Immaculée-Conception, blanche, écharpée de bleu, les divines mains jointes; et ses genoux plièrent sous la tendresse de cette vision.

—O souvenez-vous, dit-elle, en l'admirable supplication bernardine, souvenez-vous, très miséricordieuse Vierge Marie, que vous êtes la mère et la douceur, la consolation et la bonté. Souvenez-vous qu'on n'a jamais entendu dire qu'aucun de ceux qui ont eu recours à vous, imploré votre secours, ait été abandonné. Ne m'abandonnez pas, vous qui savez mon cœur et mon amour, et mon désespoir, et que ce n'est pas ma faute, et que je n'ai point péché contre votre divin Fils. Donnez-moi mon mari, faites que je puisse l'aimer encore; faites un miracle, ô Marie, ô Vierge, la plus pure des Vierges, faites que je puisse aimer encore...

Mais la Vierge, dégagée de tout fardeau humain, même du poids de l'enfant, s'élevait radieuse, dans le soleil, indifférente à tout ce qui n'est pas l'amour céleste.

Jeanne sentit que sa prière n'était pas quelque part entendue; ce n'était pas à ces confidences que la Vierge ouvrit son cœur; elle perçut vaguement l'hostilité de la femme envers la femme, chercha des yeux une image du Père, le vieillard doux et bon qui la consolerait, la conseillerait. Elle eût aimé se jeter dans ses bras, appuyer sa tête dans les plis de sa robe bleue, au pied du trône d'or.

Elle sortit, courut à l'église voisine. C'était une chapelle de campagne, humble et pauvre, très vieille, comme toutes les églises de Normandie. Son clocher carré, écrasé par un enfaîtement presque plat, se cachait dans une masse d'arbres qui répandaient jusque dans la nef une ombre verte. Un peu loin de la mer, c'était un coin frais, viride, doux, d'un calme lointain. Elle se prosterna devant une Ascension aux couleurs violentes de chromo. Le Christ, blond éphèbe rêveur, aux yeux bleu, à la barbe en pointes s'enlevait dans des brouillards d'or, levant à moitié ses mains bénissantes, le front tendu vers une gloire. Comme la Vierge, il s'évadait de la terre, ne regardait que le ciel ; ils s'envolaient se dissipaient, dépouillaient leur humanité telle qu'un haillon souillé, ils quittaient la terre, la misère et les tristesses, et le globe, tout petit sous leurs pieds, se perdait, s'enfonçait dans l'abîme.

Alors à qui s'adresser, s'ils l'abandonnaient, les immortels, dans les joies de leur divinité?

Elle ouït sur les dalles un pas d'homme, et, se retournant, elle vit s'avancer dans l'église la stature noire d'un missionnaire: grand, fort, la barbe entière et bien soignée, sa soutane flambée au collet de la rosette rouge, il vint s'agenouiller par terre devant le maître-autel, pria longtemps, d'une prière qu'on devinait énergique et sûre, et se releva, lustrant d'un clair regard l'église médiévale aux chapiteaux sculptés de têtes de monstres.

Elle pensa :

— C'est un homme comme il faut, avec cette préoccupation qu'ont les femmes de la société de rencontrer des égaux dans les prêtres auxquels elles veulent se confier.

Et soudain elle vint à lui, étonné devant cette jolie silhouette mondaine sortant de l'ombre.

— Mais père, voulez-vous m'entendre en confession?

Il recula, surpris, un peu inquiet.

— Mais, madame…

— Je vous en prie, c'est une chose très grave, il y va du salut d'une âme.

Le prêtre la regarda, devina un drame chrétien, dit en s'excusant :

— Mais, madame, je ne suis point attaché à cette paroisse, c'est au curé qu'il faut vous adresser. Voulez-vous que je le fasse prévenir?

— C'est à vous que je veux parler, mon père, ne me refusez pas, ce serait pour vous un cas de conscience. Je ne suis pas la première venue.

De nouveau, il la regarda, la reconnut. Venu à Veules pour passer quelques jours en famille, il l'avait aperçue, l'avait entendue nommer, traversant la Grande-Rue.

— Mon Dieu, madame, je suis dans le pays en passant, depuis huit jours, et je repars demain. Je n'ai même pas le droit de confesser dans cette église.

— Si j'étais en danger de mort?

Il y eut un silence.

Le prêtre s'inclina devant Jeanne :

— Veuillez attendre un instant, madame, il faut que j'aille demander l'autorisation à M. le curé.

Il revint au bout d'un quart d'heure, fut s'agenouiller encore devant l'autel, puis sans mot dire, fit signe à Mme de Vienne de le suivre, s'enferma dans le confessionnal.

Lentement, posément, comme on expose, et comme on détaille à un médecin les origines, le diagnostic d'une maladie, elle dit la situation ; son état d'âme,

les luttes soutenues : le missionnaire écoutait, sérieux, le sourcil froncé. Sa barbe drue, argentée, reposait dans sa main ouverte, et il semblait à Jeanne qu'elle se trouvait devant le père, le Tout-Puissant qu'elle avait invoqué. Et c'était bien le Jéhovah biblique, le redoutable Adonaï, roi des épouvantes, ce prêtre aux traits rudes, sévères, durcis par la vie orientale, la vie mâle, le frottement avec les races cruelles ; insensiblement influencé par les doctrines implacables de l'Islam.

Il l'interrompit rudement.

— Pourquoi ne vous êtes-vous pas adressée à votre directeur? vous en avez un, je pense.

— Oui, mon père, je l'ai vu.

Et, comme elle hésitait :

— Vous venez à moi qui ne vous connais pas et que vous ne connaissez pas parce que vous espérez sans doute de moi quelque complaisance indigne. N'en attendez pas. En somme que demandez-vous?

Toute troublée par cette dure parole, elle dit, balbutia :

— Que dois-je faire?

— Tout dire à votre mari.

— Comment, lui dire ?…

— Songez à une chose : vous n'êtes pas mariée, votre union est annulée par le fait de votre découverte; tous les rapports que vous pouvez avoir avec celui que vous nommez votre mari ne sont que du concubinage… et un concubinage incestueux.

— Ainsi notre mariage est nul.

Il fit de la main un geste coupant, horizontal :

— Absolument, affirma-t-il.

— Et si nous avions des enfants?

— Ce serait un grand malheur : toutefois, comme l'union a été consommée de bonne foi, les enfants ne peuvent pas, à mon sens, être responsables. Ils doivent se trouver dans la situation de ceux que la loi civile appelle putatifs et qui jouissent de tous les avantages accordés aux enfants légitimes.

— Et bien, pour que l'existence de ces enfants soit assurée, leur éducation bien faite, il faut qu'ils soient élevés par nous ; il ne faut pas que nous nous quittions ! comment expliquerions-nous une séparation que rien ne justifie ? Devons-nous mentir, inventer des motifs odieux ou bien faut-il que moi-même je déshonore ma mère ?

— En somme, quel est le point de départ de cette affaire ? Un crime d'adultère, une culpabilité lamentable. Vous voyez quelles conséquences déplorables, inattendues, entraîne une faute. Après vingt-cinq ans cette faute résurgit pour le malheur de deux victimes innocentes et vous voudriez que je vous autorise à en renouveler une autre, à perpétuer ainsi suite de crimes, avec leurs conséquences futures ?

— Et mon mari, que deviendra-t-il ? Civilement nous sommes bien mariés, à moins de soulever un procès, ce que je ne ferai jamais. Il ne peut avoir une autre femme que moi : il est jeune, ardent, il faudra donc qu'il se conduise mal, qu'il se déshonore aux yeux du monde, se rende coupable aux regards de Dieu ? En ce moment, il ignore tout : en m'aimant il ne commet aucun péché. En parlant, c'est toute sa vie que je brise, c'est le salut de son âme que je compromets.. Voyez quel malheur un mot de moi peut causer ! Ayez pitié de moi, mon père !

— Il ne s'agit pas de pitié, mais de justice. Le fait est là, certain, trop certain. Or, de ce fait découle cette conséquence : vous n'êtes pas mariée. Je ne puis vous dire autre chose. A vous de voir ce que vous avez à faire. Je comprends vos hésitations, même jusqu'à un certain point vos scrupules... Évidemment, le mieux serait que vous puissiez continuer en apparence votre vie commune, mais en évitant tous rapprochements. — C'est bien difficile.

— Enfin, mon père, si, n'ayant pu observer cette défense, je venais vous demander l'absolution : me la refuseriez-vous ?

— Vous n'avez pas le droit de faire cette question ; je ne vous répondrai pas.

Il médita un moment, et, tout d'un coup, avec ce brusque lâcher qu'on est si surpris de trouver au fond des inflexibilités catholiques.

— Dans toute autre circonstance, je ne vous dirais pas ce que je vais vous dire, mais votre cas est si grave ! eh bien, ma fille, apprenez que le péché contre la pureté, ce péché que le monde considère comme le plus grave, que nous-mêmes condamnons le plus sévèrement ; en somme, c'est le plus léger péché aux yeux de Dieu.

— Comment ?...

— Nous autres prêtres, nous autres confesseurs, nous savons le secret de bien des ménages. Il est bien des gens qui abusent du mariage.

Elle interrogea naïvement :

— En quoi peut-on abuser du mariage ?

Il dit, comme se parlant à lui-même :

— Soit pour ne pas augmenter les charges déjà lourdes d'une famille, soit pour d'autres raisons plus tristes encore, on voit des femmes qui sont, pour ainsi dire, mises dans l'obligation de ne plus pratiquer. Nous sommes tenus à une certaine indulgence... pourvu qu'il y ait ferme propos... promesse sincère de ne point retomber...

— Mais c'est honteux, s'écria-t-elle, en sa révolte franche ; toujours promettre quand on sait qu'on recommencera toujours. Se jouer la comédie à soi-même, à Dieu !

Il continua, poignant sa barbe de ses doigts maigres et durs.

— Il y a une autre considération, celle-là toute physique, à laquelle vous n'avez pas songé. Croyez-vous que d'un mariage entre consanguins aussi immédiats, il puisse résulter des enfants sains, bien portants.

— Pourquoi donc pas ?

— J'ai visité, il y a quelque temps, près de Vannes, dans le Morbihan, un établissement de sourds et muets, œuvre admirable, dirigée par de saints prêtres. On m'a montré ces malheureux, eh bien, le directeur me disait que les enfants issus de cousins germains figurent dans cet asile dans la proportion de 90 p. 100.

Il ajouta froidement.

— Vous aurez des monstres.

Mᵐᵉ de Vienne se leva d'un mouvement spasmodique, et, sans rien ajouter, s'éloigna vers la porte. Le père, secouant la tête, la suivit des yeux, puis, sortant du confessionnal, revint s'agenouiller devant le maître-autel.

III

Quand elle se retrouva dans la verdure crépusculaire des entours de l'église, il lui sembla qu'elle respirait l'haleine d'une autre vie, d'une vie de pardon, d'indulgence . et de bonté. Le ciel était d'un vert rose, un ciel qui mourait d'être quitté par le soleil et dans lequel montait une nuit légère. Avec elle, un grand calme tombait jusqu'aux bords de l'horizon.

— Donc, se dit-elle, en activant son pas saccadé vers le Casino, maintenant je suis fixée : ma position est bien nette. Du moment que l'homme avec lequel on m'a mariée est mon frère, notre mariage est nul, radicalement nul. J'ai deux partis à prendre, on me les indique bien clairement et le plus drôle, c'est que ces prêtres, ces religieux me laissent le choix ; ils sont bien gentils : au fond, je peux faire ce que je veux... mais tire-toi de là comme tu pourras.

Ou bien, dire tout à Jean : le désespérer par conséquent, le jeter dans un trouble horrible où je me débats ; vivre côte à côte, nous refuser l'un à l'autre, ruser avec notre amour. Jean se lassera à la fin — je sens bien qu'il se lasse déjà. Et je passerai ma vie à l'aimer, à le voir se détacher de moi et à succomber quand même, sans dignité, sans excuse — comme je fais depuis que nous sommes ici. Quitte à aller trouver mon confesseur, à lui dire : Mon père, j'ai failli, mais j'ai le ferme propos de ne pas recommencer, donnez-moi l'absolution... et à recommencer le lendemain. Voilà pour l'un.

Ou bien rompre publiquement ; obtenir la séparation de corps. Sous quel prétexte ? je ne sais pas, à moins de déshonorer pieusement ma mère, de tuer mon père, car il n'y survivrait pas. Et le même résultat, Jean perdu pour moi, sa vie brisée... C'est à devenir folle.

Elle regarda l'admirable mer qui autour d'elle faisait un demi-cercle d'azur sombre sous les derniers feux du soleil. Des baigneurs revenaient de la plage, leurs havenaux, leurs filets à crevettes sur les épaules, des femmes coiffées de bérets blancs, des hommes aux casquettes d'officiers de marine, heureux de leurs costumes balnéaires.

— Et dire qu'il y a des gens qui rient. Dire que ces imbéciles sont heureux!

Malgré elle, elle goûtait la douceur de l'air enveloppant de caresses fraîches son jeune corps à l'aise sous les amples vêtements de flanelle et ce bien-être physique était si discord avec la souffrance exaspérée de son âme qu'il l'aggrava encore.

Elle jeta les yeux dans le ciel où lentement les brumes violettes de la nuit s'amassaient :

— O mon Dieu, tu es pourtant quelque part par là dans les nuages, puisque je te sens dans mon cœur... malgré tes prêtres.

Mais, abaissant ses regards, elle vit un calvaire élevé sur quatre marches de pierre, supportant une croix en fer très haute et Jésus cloué en face de l'infini de la mer.

Simplement, comme lui, elle murmura dans la douceur de son âme revenue :

— Pardonnez-leur, car ils ne savent pas ce qu'ils font.

Une troupe d'enfants passa sur la route, de beaux et vigoureux enfants, pétris de lumière et de gaieté; elle les suivit des yeux longtemps. Aux premiers jours de son mariage cette idée des enfants ne lui était pas venue. Entraînée par un amour tout de suite entier, en pleine chair, elle n'avait pas pensé qu'elle pourrait être mère un jour; mais depuis qu'elle était à Veules, on y songeait autour d'elle; elle sentait les yeux de son père l'interroger, devinait les sollicitudes tendres de son mari, pleines d'une idée, d'un désir d'enfant. Et soudain sur la plate-forme du calvaire, dominant la plage, elle se demanda avec terreur si elle n'était pas enceinte : elle se rappela des vertiges, de vagues malaises... Elle appuya ses deux mains sur son ventre comme pour palper ses flancs, y tâter la maternité...

Au-dessus d'elle, dans le ciel violent, le Crucifié élargissait ses bras raidis comme en un appel éperdu d'amour douloureux; sa tête se penchait sous le poids du supplice, sous la déception peut-être de l'avoir entrevu inutile à l'heure suprême : sentant, elle aussi, ses lèvres desséchées par l'angoisse, elle articula d'une voix basse, profonde, cette autre parole du Golgotha.

— J'ai soif!

Au-dessous d'elle, les maisons, les villas descendaient en marches inégales de toits jusqu'à la plage de velours jaune. Des bateaux pêcheurs rentraient, mollement, sous des voiles lentes, comme portés dans la brise et leur arrivée était heureuse, douce, inclinée. On entendait des bruits de roues, des grelotteries de postières, des cris de joie d'enfants et la cloche d'un hôtel sonna pour le dîner. Jeanne songea qu'il fallait rentrer, que son mari l'attendait encore au Casino et ce rappel des réalités fit la nuit dans son cœur au même instant où la nuit, longtemps planante, s'abattait enfin.

La salle de lecture du Casino, petit appentis en planches, boiseté à l'intérieur de sapin ciré, avait, avec sa fenêtre unique, un air de cabine, de carré de yacht. Jean lisait les journaux, un amoncellement de feuilles autour de lui.

— Comme tu es restée longtemps!

— J'ai été mettre mes lettres à la poste et j'en ai profité pour aller jusqu'à l'église.

Il fouilla dans le tas de journaux.

— Tu ne sais pas? Les Saint-Palais ont perdu un enfant; on en parle dans le *Gaulois.*

— Ah! Pauvres gens!

— Et tu ne devinerais jamais qui la petite des Mureaux épouse?

— Longueil?

— Pas du tout! J'étais sûr que tu dirais ça. Elle épouse Puymontier. C'est drôle, hein?

— Oui, c'est drôle.

— Voyons. Elle doit bien savoir qu'il a été bien avec sa mère.

Elle dit :

— Est-ce qu'on sait jamais!...

— Ah! Mme de Fontenailles est heureusement accouchée d'un fille!

Elle regarda son mari en face, tout béat dans la lecture des nouvelles mondaines, et, rageuse :

— Eh bien! Si tu savais comme je m'en fiche!

Cela lui semblait, chaque fois, tellement extraordinaire de se retrouver dans les apparences! Il y avait un tel saut de sa vie intime, tragique, aux futilités de son existence extérieure, mondaine! Et elle trouvait si singulier par moment qu'on lui parlât tout d'un coup de Mme de Fontenailles ou de M. de Puymontier, que, pour cela, on fît remonter son esprit du gouffre noir de sa détresse... D'autres fois, au contraire, c'était comme un éveil lumineux qui la faisait se retrouver brusquement dans la réalité, dans la simplicité de son être... Au fond, c'était si naturel d'aimer Jean, d'être sa

femme, d'être la jolie petite Mme de Vienne, en villégiature de bains de mer avec son père et son mari, qui voudrait tant être marquis!

Encore cette impression en entrant dans la salle à manger de la villa. M. de Royans tout heureux, tout jeune, l'interpellait :

— Devine qui est là?

Elle vit, dans un angle, la silhouette élancée, vieillotte et cambrée du duc de Candale.

— Il est arrivé par le train de 4 h. 15.

— Dis donc, Arthus, on t'a donc permis de venir! — Tu ne sais pas ce qu'il me raconte, Jeanne?...

Elle sourit, heureuse de cette joie juvénile et, bonne maîtresse de maison, fut veiller à l'installation de l'ami.

— Il me semble que vous êtes à merveille ici.

— Oui, le pays est charmant. Mais, par exemple, personne à voir parmi les baigneurs. Des gens impossibles, un tas de petits juifs!

— Alors vous vivez en famille, c'est très gentil. Il ne te manque plus que d'être grand-père, Louis.

— Mais j'espère bien l'être un jour.

Leurs yeux souriants se portèrent sur Jeanne.

Le duc demanda de son ton léger de viveur encore jeune.

— Où irons-nous ce soir?

— Est-ce que tu te crois à Dinard? Il n'y a rien ici; on se couche comme les poules.

— Papa, M. de Candale peut passer un instant au Casino, c'est assez drôle quand on y va pour la première fois.

— Et vous, madame Jeanne; vous ne viendrez pas avec nous.

— Non, je suis un peu souffrante.

Son père et son mari crièrent en même temps :

— Qu'est-ce qu'il y a donc?

— Oh! rien, je vais me coucher de bonne heure, je suis fatiguée.

Elle entendit son père dire au duc en s'en allant.

— Ce n'est pas inquiétant, elle ne veut pas l'avouer, mais nous croyons bien qu'elle est dans une situation intéressante.

— Il me semblait aussi que ta fille avait un peu épaissi.

— Venez-vous avec nous, Jean?

— Non, je vais tenir compagnie à ma femme.

— Non, non, allez avec votre beau-père.

Le duc demanda à Jeanne:

— Est-ce qu'ils font bon ménage?

— Eux, ils sont faits pour s'entendre. N'est-ce pas, Jean. Et, souriant un peu, du haut de la tête, — sans doute pour que d'obscures volontés fussent accomplies, — elle prononça, parodia la parole du Calvaire :

— Homme, voici votre père, allez avec lui.

Elle accouda sa rêverie sur le balcon de sa fenêtre.

L'haleine des glycines et des roses flottait autour d'elle, montait dans la nuit diaphane en moire de parfums, coulait dans ses veines ainsi qu'un breuvage. A ce terrestre arome émané des plantes amies, familières, les brises marines, par bouffées, venaient mêler leur odeur rude, leur odeur de lointain, d'abîme, comme les rafales de ses pensées tragiques sur le fond uni de sa vie apparente. Mais c'était surtout une délicieuse et tendre nuit, pleine de silences,

de caresses, si légère et si gaie, si « Louis XV », qu'on était tenté de croire les pans noirs de son manteau triomphalement et galamment portés par des amours joufflus et roses. Elle la sentait s'alanguir dans son cœur, cette nuit amoureuse, volupteuse, engourdir ses sens, sa volonté, lui verser les promesses des transparentes ténèbres : une nuit de Marguerite, de Juliette ou de Ninon, l'heure chimérique et rare d'un conte d'Espagne ou d'Italie.

Il lui sembla que des bruits de pas s'étouffaient sous le balcon; elle se pencha, tendit ses yeux dans la nuit, distingua l'ovale blanc d'un plastron et une voix d'en bas monta joyeuse :

— Je suis pincé, il y a un quart d'heure que j'étais là à te regarder.

— C'est toi, Jean? où sont papa et Candale?

— Aux petits chevaux. Dis donc, Jeanne, veux-tu que je monte comme Roméo?

D'une poignade vigoureuse il se hissait aux grilles du rez-de-chaussée, d'un rétablissement de gymnaste habile sautait sur le balcon.

— Tu es fou, Jean!

— Oui de toi.

Un soleil frais montait dans l'air bleu, d'un bleu tendre et léger, si fondu dans le bleu à peine plus profond de la mer, qu'ils semblaient un vélum d'azur tendu, comme une toile de fond immense, entre le visible et l'invisible. Des voiles de navires, des ailes de mouettes le brodaient, çà et là, de points blancs.

— Jean passa son bras sous le bras de Jeanne, lui parla tout bas :

— Enfin! depuis quelques jours je

t'ai retrouvée, je te sens bien à moi. Comme tu as été longtemps mauvaise avec ton pauvre chéri qui t'aime tant !

Ces mots, comme des lances, glaçaient, déchiraient son cœur. Elle avait succombé encore, comme toujours, mais cette fois, elle se l'avouait, elle avait aggravé sa faute d'un consentement volontaire ; elle s'était faite la complice de l'inceste, en avait goûté la criminelle douceur. En cette nuit où la volupté s'épandait, où l'on sentait la terre s'étirer dans la langueur de son sexe, s'ouvrir aux fécondations : de l'éther, en sa chambre chauffée par l'odeur des glycines et des roses, Jeanne avait senti une joie nouvelle se glisser dans la volupté, la rendre étrangement effrayante et perverse : le sentiment de l'inceste décuplant l'amour. Cette joie, c'était peut-être celle des unités très proches, heureuses, victorieuses de s'unir, de se confondre en une, c'était, peut-être, une courte volupté analogue à la volupté permanente, inouïe des androgynes dans le mélange continu de sexes. Jeanne ne formulait point cette pensée, ne la distinguait même pas, mais elle sourdait volontaire, se dégageait, s'épanouissait en plaisir, naissait sans doute d'un prodigieux saut d'atavisme, en arrière, d'une rétrogression monstrueuse à l'ancêtre lointain de l'humanité, à l'être bisexué en qui s'agita la première vie des êtres. Ainsi dans le trouble confus de ce pauvre cerveau de femme son souvenir ressuscitait vivace, comme il se symbolisa jadis, par une tradition mystérieuse, dans l'hermaphrodite Dieu et Dieu de l'Égypte antérieure, prépharaonique, au fond de l'incalculable antiquité.

— Je suis sûr que ça va les embêter sur la plage de voir le duc de Candale avec nous ?

Jeanne regarda son mari avec stupeur.

— Comment ?... Pourquoi ?...

— Nous vivons si simplement ici que personne ne sait qui nous sommes, tandis que le duc qui est si connu...

Cette idée ne lui serait pas venue à elle qui, depuis l'enfance, voyait tous les jours M. de Candale. Elle regarda son mari et pensa :

— Comme il est peuple !

Il marchait vêtu simplement d'un complet bleu, un chapeau de paille enfoncé sur ses cheveux blonds, légèrement frisottants, l'air calme et fort.

— Pourtant, il a l'air d'un homme comme il faut, pensa-t-elle.

Elle étudia, le détailla, s'arrêta à ses yeux : ils étaient plutôt beaux, intelligents, mais rapides et fièvreux, inquiets d'une transparence sans profondeur, et elle les compara à ceux de son père, de M. de Candale, remarqua l'intensité, l'impériosité césarienne de leurs regards, leur nonchalance en même temps, et une calme, une certitude : on sentait que depuis des siècles des maîtres avaient vu passer les choses avec ces yeux-là.

— Il n'a pas la même façon de regarder qu'eux, pensa-t-elle encore, et elle songea à tout ce que le marquis disait de de Vienne.

Secrètement elle le méprisa de n'être pas bien né, l'expliqua par cela, convaincue que la naissance donne toutes les qualités. Mais une brusque réflexion l'atteignait en plein cœur.

— Mais moi aussi, je suis une de Vienne, moi aussi je suis une bourgeoise.

Et, plus profondément qu'elle ne l'aurait pensé elle-même, elle qui n'avait pas hésité à épouser Jean malgré les répugnances de son père, cette obervation la toucha :

— Ainsi je ne descends plus de ce Louis-Gaston de Royans qui mourut à la première croisade devant Édesse ; cette jolie Catherine d'Amboise que Henry IV a aimée, ce n'est plus mon aïeule !

Il fallait renoncer à cette noble mémoire d'ancêtres, se rattacher à l'humilité des « Devienne, escuyers, seigneurs des Morainnes en 1787 ».

Du moins, par ma mère je suis toujours une Lyons, se dit-elle, et cette pensée la réconforta un peu.

Elle entendit Jean dire au marquis :

— Vous n'avez encore rien reçu du cardinal ce matin ?

. Ainsi une certaine conformité de pensée les unissait au même instant dans une préoccupation de noblesse, de titre ; elle en fut choquée.

— C'est que je voudrais bien que cette affaire soit finie ; vraiment j'ai besoin d'être à la Vénerie ; Rouillon me réclame.

Si c'était pour cela qu'il voulait se chamarrer d'un marquisat, pour aller en province, discuter avec son notaire dans un trou de chef-lieu de canton !

D'une illumination subite, elle comprit, expliqua le caractère de son mari, sa joie basse à brasser des affaires provinciales, sa cupidité naissante, son âme médiocre et affairée de bon propriétaire. Il était à nu devant elle et cruellement elle le jugeait Se sens satisfaits, lassés, la laissaient neutre, ne fascinaient plus ses yeux, et elle le voyait bien, tel qu'il était, l'écharpant à la dérobée, par coups d'œil rapides, l'achevant d'un trait.

— Comme il a les jambes bêtes !

Alors un complet désespoir fondit sur elle ; elle comprenait tout. Et son réquisitoire contre elle-même fut cruel, cinglant, violent, injuste. Ce n'était pas pour son amour qu'elle avait lutté, ni pour garder son mari : la piété envers sa mère, les scrupules envers le marquis de Royans, c'était bien cela qui la dressait dans sa révolte, la faisait lutter contre la loi, contre la Foi ! Ce qu'elle avait voulu conserver, ce qu'elle n'avait pu renoncer, c'étaient les lâches plaisirs de la chair, c'était le besoin des jouissances récemment connues ; ce misérable sensualisme, elle l'avait paré du nom d'amour, avait amassé toute la défroque des romanesques souvenirs pour le défendre et maintenant elle savait pourquoi elle avait fait cela, quel instinct l'avait dominée. Elle avait été aveuglée par sa passion, l'avait incarnée dans son mari, et il n'avait fallu qu'un moment, un accroc dans le voile, pour le voir apparaître tel qu'il était, pour voir d'avance, et tout d'un coup, la longue suite de jours à passer avec lui, avec la présence de l'inceste, l'horreur maintenant de cette fraternité charnelle, amoureuse... Le souvenir des caresses de la nuit monta à ses lèvres en une nausée :

— Et si j'étais grosse ! et si j'avais des monstres.

Tout s'effondrait, tout fuyait en dérive, la foi, l'amour, la maternité ; elle n'avait plus rien à faire de la vie et elle murmura :

— Mon Dieu ! mon Dieu, pourquoi m'avez-vous abandonnée ?

La mer déroulait sur les galets ses lames courtes, rondes; elle venait mourir jusqu'aux chaises où s'asseyaient les baigneurs, les envahissait parfois d'un coup de lame sourde balayant les robes poignées au milieu de petits cris d'effroi, noyant les souliers des hommes, se jetant sur ces Parisiens avec des sournoiseries de bête fauve mal apprivoisée. En avant, dans l'eau, au bout des planches, des gens barbotaient, se plongeaient, se trémoussaient dans des vagues jaunâtres, terreuses. Derrière eux le grand azur limpide de la mer et de l'air et la pluie d'or du soleil sur les vagues arriolées.

M. de Royans les montra de l'œil au duc.

— Regarde-moi tous ces gens qui reniflent dans l'eau sale. Ils se baignent, ils crachent, ils plongent, pouah !

— Voyons, mon cher beau-père; si vous n'aimez pas cela, n'en dégoûtez pas les autres. Après tout, c'est de l'hydrothérapie.

— Parbleu oui, c'est de l'hydrothérapie; le système de l'eau froide, des douches, qui fait de toutes vos générations des générations de malingres; vos tubs à l'eau glacée, hein ! Comme si on avait tout ça du temps de Louis XIV, et pourtant ils nous valaient, les gens de ce temps-là !

— Vois-tu, Louis, je crois que sous le rapport de la propreté...

— La propreté, voilà le grand mot ! Et le marquis exaspéré affirma : La propreté, c'est une vertu de voyou, comme de bien jouer au billard ou de bien sonner du cor.

Dans la mer, les baigneurs continuaient leurs plongeons automatiques, pouffant quand ils étaient bousculés par les lames, tandis qu'au milieu d'eux, suivant les mouvements du flot, la barque du maître nageur d'un mouvement doux, tanguait.

— Comment, Jeanne, tu te baignes !

Elle venait d'apparaître au seuil de sa cabine, roulée dans son peignoir.

Jean courait à elle.

— Mais, Jeanne, est-ce que c'est bien prudent, dans ton état peut-être?...

Elle eut un geste pour envoyer tout promener...

— Ah ! mais tu m'ennuies à la fin, vous m'ennuyez tous avec mon état... puisque je vous dis qu'il n'y a rien

Elle haussa les épaules, passa devant son mari étonné... non, elle ne l'aimait plus; il était bête, bourgeois, petit; elle ne l'aimait plus. Comment avait-elle pu se donner à lui — cette nuit encore — se livrer en ces attitudes humiliées... Pourquoi ne se baignait-il pas? Parce que le duc de Candale était là? Qu'il voulait se montrer avec lui devant le public, parader avec lui? Comment avait-elle pu, malgré son père, vouloir l'épouser?... et ce mot de M. de Royans revint à ses lèvres: « Presque un homme de rien. »

Elle s'avança sur la planche dansante, jusqu'au bord du flot, se débarrassa de son peignoir, le jeta à Marie. Ce mouvement lui fit apercevoir derrière elle en haut des marches, devant la porte du Casino, la haute stature du missionnaire. Ses yeux froids et durs la fixaient, l'atteignirent comme des balles.

— Dire que celui-là sait tout, pensat-elle. Et je suis sûre qu'il devine ce qui s'est passé cette nuit.

D'un « hep » elle fit accoster le bateau du maître baigneur, monta sur le banc.

Autour du canot des têtes de nageurs surgissaient trempées, des gens qui soufflaient en tirant leur coupe, crachaient des gorgées de mer, les cheveux plaqués, ruisselants. Dans la transparence glauque des lames, on voyait leurs pieds s'agiter comme des pattes et ils s'accrochaient comme par fatigue, aux rebords de la barque pour regarder les jambes de la jeune femme.

— Vous savez, madame, qu'il ne faut pas se risquer trop au large, la mer est étale, le jusant va commencer à se faire sentir.

— Oh! dit-elle, il n'y a pas de danger.

— Je sais bien que vous êtes bonne nageuse, mais avec ces courants-là qu'il y a les plus malins n'y peuvent rien.

Elle se laissa glisser dans l'eau, tout de suite enveloppée, soulevée par son énorme et souple caresse, et elle nagea vers le large, vers le bleu. C'était comme une délivrance, un adieu de s'éloigner de la terre, de s'en aller dans l'infini, de laisser sur la plage ses misères et ses remords et les lâchetés et les bêtises de la vie. Couchée sur la crête des lames, elle se sentait portée par toute la résistance des couches profondes, allégée de la pesanteur, envolée dans un fluide ; elle planait dans les couleurs, baisait l'azur amer qui fouettait sa bouche. Une force, une gaieté l'entraînaient toujours plus loin, toujours plus fort, et, déjà, elle avait dépassé les autres nageurs, se trouvait seule, en pleine mer. L'eau qui pénétrait dans ses oreilles les bouchait de bruits ronflés et ses yeux ne voyaient que du glauque sous le paillettement diamanté des flots. Pourtant il lui sembla entendre un cri, comme un goéland, passer sur l'oscillation bouillonnante et

elle voulut se retourner pour regarder... mais déjà elle ne savait plus de quel côté était la terre et elle ne vit que des plans ondulés, des balancements d'énormes masses d'eau, sur elle, tout près, l'abattement monstrueux d'une vague. Elle sentit que le courant l'entraînait plus loin, plus fort, et qu'elle s'en allait avec toutes les forces de la mer, vers le large, arrachée aux plages par l'aspiration puissante de l'Astre. Elle pensa :

— Mais je suis prise dans le courant.

Et un moment, tant elle était encore près de la vie, elle hésita si elle ne consentirait pas à mourir ; elle n'avait qu'à se laisser aller et elle s'enfoncerait dans le grand trou d'oubli pour toujours. Mais ce fut court, et sa jeune énergie se révolta à l'idée du néant. Elle vira, s'épaula à la lame, voulut reconquérir la terre. En une minute, la vie lui apparaissait si radieuse et si tentante, — si proche ; — elle aimait son mari, ... à quoi pensait-elle donc tout à l'heure... il était si bon, si beau, il l'aimait tant, il savait si bien l'aimer? Leur affaire, elle s'arrangerait, avec de l'argent on arrangerait tout; ils seraient heureux encore, ils vivraient... Ses bras se fatiguaient et il lui semblait que les flots montaient autour d'elle, gagnaient ses oreilles, sa bouche, son nez : elle fit un effort encore, attrapa en pleine figure un paquet de mer, eut la sensation de respirer de l'eau au lieu d'air : autour d'elle, sous elle, c'était une atmosphère hyaline, comme celle du pavillon, soudain visionné dans son esprit, et elle l'aperçut, l'étrange et sinistre pavillon, avec le mirage de ses verrières. Sa vie passa, comme une onde, les moindres incidents perdus, oubliés au fond de sa mémoire, tout cela pétillait en images brusques, rapides au fond de sa pensée déjà obscure.

Une autre vague la calotta, l'enfonça comme une main lourde ; elle se débattit, résurgit, cria : Jean, dans le tumulte grandissant des flots... et les vagues passèrent sur sa tête enveloppant à jamais son jeune corps de leur énorme et souple caresse.